Erna Sassen

Ein Indianer wie du und ich

Erna Sassen

Ein Indianer wie du und ich

Mit Illustrationen von Martijn van der Linden
Aus dem Niederländischen von Rolf Erdorf

Verlag Freies Geistesleben

Die Übersetzung dieses Buches wurde von der niederländischen Stiftung für Literatur gefördert.

Nederlands letterenfonds
dutch foundation for literature

Die Originalausgabe mit dem Titel *Een indiaan als jij en ik* erschien 2018 bei Uitgeverij Leopold in Amsterdam.

1. Auflage 2019

Verlag Freies Geistesleben
Landhausstraße 82, 70190 Stuttgart
www.geistesleben.com

ISBN 978-3-7725-2864-4

Copyright © 2018 Erna Sassen
Für die deutschsprachige Ausgabe:
© 2019 Verlag Freies Geistesleben
& Urachhaus GmbH, Stuttgart
Umschlag & Illustrationen: © 2018 Martijn van der Linden
Gestaltung: Nanja Toebak
Satz: Bianca Bonfert
Druck: Grafisches Centrum Cuno, Calbe
Printed in Germany

1

Boaz mag die Stille.
Aber still *sitzen* mag er nicht gern.
Er liest gern Bücher über Indianer, und danach rennt er am liebsten wie einer von ihnen durch die Dünen.
Oder er klettert auf einen hohen Baum und beobachtet wie ein Indianerkundschafter die Büffel.
Oder er wartet abends in der Dämmerung am See in den Dünen auf die wilden Ponys.
Aber das darf Mama nicht wissen. Sie will nämlich nicht, dass Boaz so allein in den Dünen spielt. Erst recht nicht, wenn es dunkel wird. Darum sagt er immer, er ginge zu seinem Freund Colin. Das hört Mama gern. Ihr ist es sehr wichtig, dass Boaz viele Freunde hat.
Colin gibt es überhaupt nicht.
Ricardo und Damian auch nicht.
Das heißt: Es gibt natürlich schon Jungen, die so heißen, nur: Boaz kennt sie nicht.
Mama und Papa denken, es wären seine Freunde. Freunde vom Spielplatz.

Aber wisst ihr, was der allergrößte Zufall ist ...?
Zu Boaz in die Klasse ist ein Indianermädchen gekommen! Ein echtes!
Das es auch lieber still mag.
Sie heißt Aisha und sie sieht aus wie ...
Ja, wie sieht sie eigentlich aus?
Wie ein junges Reh. Ein ganz süßes junges Reh mit rabenschwarzem Haar und den dunkelsten braunen Augen, die du je gesehen hast.
Ein bisschen ist sie auch wie Oma. Von innen.
Oma sagt auch nicht viel. Das ist das Schöne an ihr. Wenn man Omas Hand hält, wird man ganz ruhig im Kopf.

2

Indianer sehen nicht immer so aus wie auf den Bildern in Büchern. Oder besser gesagt: *meistens nicht*.
Die heutigen Indianer tragen ganz normale Sachen wie du und ich. Jeans, T-Shirts, Lederjacken und so weiter. Boaz findet das schade, denn Indianer in traditioneller Kleidung gefallen ihm viel besser.
Neulich waren die Sioux-Indianer noch in den Nachrichten. Sie waren normal angezogen, aber sie kampierten mit ihren Tipis* im Schnee. Und manche Männer trugen eine einzelne Feder im Haar.

Federn sind für Indianer sehr wichtig. Besonders Raubvogelfedern. So eine bekommt man, wenn man eine heldenhafte Tat vollbracht hat.
Früher war eine heldenhafte Tat: Heldenmut im Kampf beweisen. Oft bedeutete das so viel wie: einen Feind besiegen. Heute wird es wohl etwas Anderes sein. Denn die heutigen Indianer haben nicht mehr so viele Feinde. Heutige Indianer bekommen eine Adlerfeder, wenn sie ihre alte Mutter ins Haus nehmen, sagt Papa.

* Ein *Tipi* ist ein Indianerzelt.

Denn dazu braucht es auch Heldenmut.
Aisha ist auch ohne Federn im Haar ganz einfach wunderbar.
Das reimt sich.

Aisha ist auch ohne
Federn im Haar
ganz einfach
wunderbar

Das kommt durch ihre dunkelbraunen Augen, mit denen sie ein wenig traurig guckt.
Sie kam einfach so in die Klasse hereinspaziert.
Na ja, einfach so wird es wohl nicht gewesen sein, denn unsere Lehrerin Annet sagte: «Also dann, Jungs und Mädels, hier ist sie endlich: unsere Aisha.»
Und das bedeutet, dass die Lehrerin schon früher erzählt hatte, dass Aisha im Anmarsch war.
Aber das hatte Boaz verpasst.

Sie guckte wirklich traurig, Aisha, als sie letzte Woche Dienstag zum ersten Mal ihre Klasse betrat.
Traurig. Und ein bisschen verängstigt.
Die Lehrerin sagte, sie sollte sich einfach neben Boaz setzen.
«Boaz ist nämlich ein sehr netter Junge, und bestimmt mag er dir ein bisschen helfen.»
Das hatte die Lehrerin ganz richtig gesehen.
Boaz wollte nichts lieber als das.

3

Aisha hatte Glück, denn am Dienstagnachmittag hat die Klasse von Boaz Werkunterricht.
Und Werkunterricht bei Lehrerin Annet ist das Schönste, was es gibt.
Oft liest sie «zur Inspiration» eine Geschichte vor, und dann darf man, während sie noch liest, schon mit seinem Werkunterricht anfangen.
Muss man aber nicht.
Man darf auch erst die ganze Geschichte bis zu Ende hören.
Die Geschichte, die die Lehrerin diesmal vorlas, handelte von einem kleinen Hund, der aus dem Tierheim entwischt ist, um sein Herrchen zu suchen. Dieses Herrchen war ein alter Mann, der sehr krank war und eigentlich nicht mehr für den Hund sorgen konnte. Darum hatte er ihn ins Tierheim gebracht.
Tja, hübsche Geschichte, denkt ihr vielleicht. Aber jedenfalls war sie sehr *inspirierend*. Das bedeutet, dass man Lust bekommt, etwas zu machen.
Sobald der heulende kleine Hund es geschafft hatte, aus dem Tierheim auszureißen, machte sich Boaz an die Arbeit. Er

begann damit, einen Totempfahl zu zeichnen.

So arbeitet Boaz am liebsten. Beim Vorlesen zeichnet er seine Idee, und danach macht er daraus eine Arbeit für den Werkunterricht. Mit Pappmaschee oder mit Ton, oder mit der Laubsäge. Das überlässt einem die Lehrerin selbst.

Aisha saß ganz still da und hörte sich die Geschichte an. Ab und zu schaute sie zur Seite auf das, was Boaz da machte.

Meistens mag Boaz es nicht so, wenn jemand bei ihm abguckt. Bei einer Rechenarbeit oder einem Diktat ist es ihm egal, aber er kann es überhaupt nicht leiden, wenn Kinder seine Bilder oder seine Basteleien nachmachen.

Dass Aisha sich sein Bild anschaute, gefiel ihm eigentlich richtig gut.

Sie guckte sehr interessiert.

Als ob sie genau verstand, was Boaz mit seinem Bild erzählte.

Schau, Aisha. Das hier ist ein Totempfahl. Und genau wie Indianer, die Totempfähle machen, werde ich auf meinem Totempfahl auch lauter Geschichten abbilden.

Nach einer Weile nahm Aisha sich ebenfalls ein Zeichenblatt und begann mit einem wunderschönen Bild von einem Indianermädchen.

Es gibt mehr als 566 verschiedene Indianerstämme in Nordamerika.
Die Sioux sind die Indianer, von denen Boaz am meisten weiß. Und die er am meisten mag.
Das kommt durch Omas Film.
Man schreibt Sioux, aber man spricht es aus wie Suh.
Und das Verrückte dabei ist: Diesen Namen haben sich die Sioux gar nicht selber ausgedacht.
Ein Nachbarvolk der Sioux hatte sich einen Namen für sie überlegt: Natowessiwak. Das bedeutet: Die eine andere Sprache sprechen.
Die Franzosen und Engländer konnten Natowessiwak nicht aussprechen und machten stattdessen Sioux daraus.
Nicht, dass sich das irgendwie ähnlich anhören würde, und auch Boaz kapiert nicht die Bohne, weshalb; und trotzdem ist es so.
Die Sioux kann man wiederum in drei Völker aufteilen: die Dakota, die Lakota und die Nakota.

Das heißt, Aisha kann sehr, sehr gut malen.
Wirklich.
Das Indianermädchen auf ihrem Bild trug traditionelle Sioux-Kleidung, wie die Mädchen in Omas Film. Ein Kleid aus Büffelhaut und dazu *Mokassins*, so schöne Indianerschuhe aus Bisonleder, verziert mit Perlen und Stacheln von Stachelschweinen. Und sie trug Federn im Haar.
Aisha erzählte auch etwas mit ihrem Bild.
Aber was?
Wahrscheinlich malte Aisha sich selbst. Oder ihre kleine Schwester. Denn wie sonst kann man so genau ein Indianermädchen malen?

Boaz vergaß beinahe seinen eigenen Totempfahl. Er setzte sich immer näher zu Aisha, damit ihm nur nichts von ihrem wunderschönen Bild entging.
Jetzt kam ein Tipi dazu. Und ein Pferd.
Fehlte nur noch der kleine Hund aus der Geschichte ihrer Lehrerin.

Als sie hochschaute, um einen Buntstift zu nehmen, und dabei fast mit dem Kopf gegen seinen gestoßen wäre, lachte sie.
Das machte Boaz etwas verlegen. Er wusste nicht so recht, was er sagen sollte.
Er zeigte auf das Mädchen auf dem Bild und danach auf Aisha und fragte:
«Du?»
Und Aisha lachte wieder.
Und sie nickte.
Danach war sich Boaz vollkommen sicher.
Aisha ist eine Indianerin.
(Wahrscheinlich eine Sioux.)

4

Zu Hause am Esstisch erzählte Boaz tausend Sachen von der Indianerin, die zu ihm in die Klasse gekommen war.
Papa sagte: «Tja, Bo, das nenne ich Massel haben.»
«Es ist schon etwas mehr als Massel haben, Papa», sagte Boaz. «Es ist w a h n s i n n i g außergewöhnlich.»
Aber Papa hörte ihn schon nicht mehr, denn er bekam einen Anruf aus dem «Geschäft». (So heißt Papas Arbeit.)
Um ihn zu trösten, sagte Mama, sie hielte das mit der Indianerin für sehr außergewöhnlich. Und sie sei neugierig, um «welche Art von Indianern» es sich handelte. Als ob sich Mama mit den verschiedenen Indianervölkern auskennen würde!
«Und von woher genau kommt sie?», wollte Mama wissen.
«Tja, also, das habe ich nicht so mitgekriegt», sagte Boaz. «Aber ich denke, die Lehrerin wird das schon wissen.»
«Und woher weißt du, dass sie eine Indianerin ist?», fragte Mama.
Mütter sind meistens sehr lieb, aber kapieren tun sie nichts.
Das sieht man doch!!
Ob jemand ein Indianer ist!!!
Aisha hat zum Beispiel sehr viel Ähnlichkeit mit *Strampelnder*

Vogel aus dem Film *Der mit dem Wolf tanzt*.

Aber Mama das zu sagen wäre nicht so schlau, denn *Der mit dem Wolf tanzt* ist kein Kinderfilm. Und dass Boaz weiß, wie die Hauptpersonen aus dem Film aussehen, und dass er sogar schon mal ein paar Teile davon gesehen hat, kommt durch Oma. Oma mag Indianer genauso sehr wie Boaz.

«Ich weiß es durch das Bild, das sie gemalt hat.»

Um es noch komplizierter zu machen: Der Begriff «Indianer» ist eigentlich ein Irrtum.
Als Columbus im Jahr 1492 Amerika «entdeckte», dachte er, er wäre in Indien* gelandet, und darum nannte er die Einwohner *indios* (das ist Spanisch für «Indianer»). Also auch wieder ein Name, den sich andere ausgedacht haben! In diesem Fall ein Entdeckungsreisender, der selbst aus Europa kam.
Die Indianer von heute nennen sich *Native Americans* oder *American Indians*.

* Mit «Indien» meinte man in der Zeit von Columbus den Teil der Welt, der heute Südasien und Südostasien heißt.

5

Boaz verpasst öfters mal etwas.
Das kommt von all den Gedanken in seinem Kopf.
Und auch daher, dass die Lehrerin so langsam spricht. Dann kann Boaz einfach nicht bei der Sache bleiben. Er versucht es schon, ehrlich, aber es fällt ihm sehr schwer.
Wenn sie anfängt mit «Jungs und Mädels ...», schaut er immer sofort zu ihr herüber und legt seinen Bleistift hin.
«Jungs und Mädels ...», sagt ihre Lehrerin, und dann wartet sie gerade so lange, bis alle still sind und ihren Bleistift hingelegt haben.
Also.
Das ist meistens der Moment, in dem Boaz ein klein wenig einnickt.
Er tut es nicht mit Absicht. Es passiert ihm einfach.
Denn in der Klasse sitzen 32 Kinder. Und bevor die alle ihren Bleistift hingelegt haben und den Mund halten, ist man schon eine halbe Stunde weiter. Und Boaz mit dem Kopf schon ganz woanders. In den Dünen zum Beispiel, bei den kleinen schwarzen Shetlandponys.

Oder er schläft.
Und dann verpasst er die Anweisung der Lehrerin.

Übrigens: Nicht, dass man bei dem Lärm in der Klasse wirklich schlafen könnte.
Aber man kann schon in einen anderen Zustand geraten. Einen Zustand, in dem die Geräusche um einen herum nichts mehr mit einem zu tun haben.
Boaz macht das so: Er guckt in Richtung Lehrerin, aber er sieht sie nicht. Oder jedenfalls nicht scharf. Er sieht nichts scharf, wenn er seine Augen so stellt. Oma nennt es *Starren*.
Mit den Ohren «starrt» Boaz auch: Er hört auf gar nichts mehr, ausgenommen auf seine Gedanken. Der Lärm um ihn her wird dann zu einer Art Rauschen. Als würden ganz wilde Meereswellen ans Ufer schlagen, so ein Geräusch ist es.

Ein ziemlich guter Trick.
Aber gut, auf diese Weise verpasst man schon mal etwas.

Aisha mag es auch gern still.
Sie sagt eigentlich nie etwas.
Mit ihr könnte man richtig gut auf Büffeljagd gehen.

Boaz macht oft in den Dünen Jagd auf Büffel.
Das heißt, natürlich nicht echt. Er spielt es. Er spielt, dass er ein Indianer ist, der Büffel jagt.
Beim Jagen sucht er nach Spuren wie Hufabdrücken oder Kacke. Je nässer und wärmer die Kacke, desto näher sind die Büffel. Das klingt vielleicht ein bisschen eklig, aber Büffelkacke stinkt so gut wie gar nicht, denn Büffel sind Pflanzenfresser.
Eigentlich sind es auch keine echten Büffel. Es sind *schottische Hochlandrinder*.
Schottische Hochlandrinder, die spielen, dass sie Büffel sind.

Also.
Das ist eine gute Idee:
Aisha fragen, ob sie mitkommt zum Jagen in den Dünen.
Und es reimt sich auch.

Aisha fragen
ob sie mitkommt zum Jagen
Aber wie soll Boaz das anstellen?
Aisha kennt nur ein paar niederländische Wörter: *Ja, nein, nicht, schön* und *nett*. Oder vielleicht kennt sie auch mehr, aber das sind die einzigen Wörter, die sie benutzt.
Auf einmal fallen ihm die Felszeichnungen aus seinem Indianerbuch ein.
Vor sehr langer Zeit, als das Papier und die Schrift[*] noch nicht erfunden waren, schrieben die Indianer sich gegenseitig Nachrichten, indem sie Zeichnungen in Felswände kratzten. Diese Felszeichnungen nennt man *Petroglyphen*.
Vielleicht kennt Aisha sie noch, die Petroglyphen-Sprache ihrer Vorfahren?
Schließlich kann sie nicht umsonst so gut malen und zeichnen, oder?

Boaz geht gleich an die Arbeit.
Während die Lehrerin mit der Klasse Biologie macht, schreibt er einen Brief an Aisha.

[*] Die Buchstaben, die wir heute verwenden.

Die Petroglyphen der Indianer sind ziemlich einfach. Man muss dafür nicht sehr gut zeichnen können. Aber sie sind trotzdem sehr schön. Boaz hat viele Fotos davon in seinen Indianerbüchern.
«Boaz, hat dein Bild auch etwas mit dem Thema dieser Stunde zu tun?»
Hoppla.
Ihre Lehrerin steht plötzlich neben seinem Tisch.
«Ich glaube schon», antwortet Boaz. «Ich habe bloß nicht so richtig gehört, was das Thema dieser Stunde ist.»
«Hast du wieder Probleme mit deinen Ohren, Boaz?»
«Ich glaube, ja ...»
«Vielleicht solltest du mal mit deiner Mama zum Arzt gehen?»
«Ja, das ist vielleicht eine gute Idee.»
«Das Thema der Stunde lautet: *Tiere, die aus einem Ei kommen*.»
«Dann hat mein Bild unbedingt mit dem Thema der Stunde zu tun», sagt Boaz, «denn ein Büffel kommt nicht aus einem Ei. Ein Büffel ist ein Säugetier. Aber ganz zu Anfang, als der Büffel erst noch gemacht werden musste, da *war* er ein Ei.»
«Vielen Dank, Boaz», sagt die Lehrerin. «Vielleicht kannst du mal ein Referat über Säugetiere halten?»
«Ja, das würde ich gern», sagt Boaz zögernd, «aber zuerst kommen noch meine Hausarbeit über die Maya und meine Referate über die Erderwärmung und die Massentierhaltung und über Vegetarier ...»
«Ach, richtig. Das wird ein bisschen viel», meint jetzt auch seine Lehrerin.

Aisha sitzt leider nur zwei Tage pro Woche bei Boaz in der Klasse. Dienstags und freitags. Die restliche Woche über sitzt sie anderswo bei den Neuzugängen.
Heute ist Montag.
Das heißt, Boaz muss bis morgen warten, bevor er Aisha den Brief geben kann.

7

Übrigens, Aisha kann sehr wohl sprechen.
Bloß verstehen kann man sie nicht.
Heute früh hat sie es getan. Als Boaz ihr seine Bücher über die alten Maya gezeigt hat.
Die Maya sind Indianer, die auch heute noch in Mexiko und in anderen Ländern Mittelamerikas leben. Aber die *alten Maya* haben vor Jahrhunderten gelebt.

Als Aisha die Maya-Bücher sah, war sie plötzlich ganz begeistert und sprudelte lauter fremde Wörter hervor.
«Ja, Aisha, ich verstehe, was du meinst», unterbrach Boaz sie. «Aber du kannst ebenso gut den Mund halten, denn ich verstehe kein Sioux.»
Dann kam er auf eine Idee.
Vielleicht konnte er Aisha helfen, Niederländisch zu lernen!
Er legte sofort los. Er zeigte Aisha Bilder und nannte dabei laut die niederländischen Wörter. Ein paarmal wiederholen. Und warten, bis Aisha es perfekt nachsprechen konnte.
Pyramide
Tempel

Die Wörter, die Boaz von Aisha lernt, schreibt man eigentlich so:
فتاة, was Mädchen bedeutet, صبي (Junge), هرم (Pyramide), معبد (Tempel), سلحفاة (Schildkröte) und ثعبان (Schlange)

Säule
Schildkröte
Schlange
Aisha zeigte auch auf Bilder. Und dann benannte sie die in ihrer eigenen Sprache.
Das war schön, denn jetzt kann Boaz auch ein paar Wörter auf Sioux.
Fatah: Mädchen
Sabij: Junge
Haram: Pyramide
Maabad: Tempel
Sulahfat: Schildkröte
Thoaabahn: Schlange

Nur bei den Fotos von den Mumien und den Gerippen ging es irgendwie daneben.
Aisha mag Mumien wohl nicht so.
Und Gerippe auch nicht.
Die alten Maya schon. Die waren ein ziemlich mordlustiges und grausames Völkchen. Auf einen Toten mehr oder weniger kam es ihnen nicht an.
Aber Aisha kann es nicht so gut ertragen. Sie wurde auf einmal ganz traurig.
Zuerst merkte Boaz nichts. Ruhig benannte er weiter ein Foto nach dem andern. «Schädel.»
Aisha schwieg.
«Schädel, Aisha. Sag es mir einfach nach.»
Aisha schwieg.
«Es ist doch gar nicht so schwierig. *Schädel. Knochen.* Und das hier ist ein *Dolch.*»
Erst als das Buch ein wenig nass wurde, sah Boaz, dass ihr Tränen über das Gesicht liefen.

O je. Irgendwas läuft hier falsch.

Ich bin aber auch ein Trottel, dachte Boaz. Mädchen mögen keine Gerippe. Er hätte es wissen können.

Oma hat es ihm einmal erklärt. Dieses eine Mal, als er in den Dünen einen Kaninchenschädel gefunden hatte. Er war auf der Stelle nach Hause gerannt, um ihn Mama zu zeigen. Es war ein prächtiger kleiner Schädel, sogar noch mit etwas Kaninchen dran, das heißt taufrisch.

Aber Mama musste sofort aufs Klo.

Und sie kam erst wieder runter, nachdem Oma gekommen war, um den Schädel sauberzumachen und auszukochen.

«Mädchen mögen Knochen nicht so», hatte Oma gesagt.

Schnell klappte Boaz das Buch zu.

«Ganz ruhig, Aisha, jetzt schauen wir uns *nette* Bilder an», sagte er und legte ihr kurz seine Hand auf den Rücken. Wie Oma es immer macht, wenn Boaz traurig ist.

Und dann fiel ihm auf einmal der Brief wegen der Büffeljagd ein.

Er war noch in seinem Fach!

Er holte ihn hervor und wollte ihn Aisha zeigen.

Aber im allerletzten Moment überlegte er es sich zum Glück noch mal.

Wenn Aisha keine Gerippe mag, dann mag sie bestimmt auch keine toten Büffel ...

Statt des Briefs nahm Boaz das Buch über die Maya-Kunst.

Die Kultur der alten Maya wurde im 16. Jahrhundert von den Spaniern fast völlig zerstört.
Kultur bedeutet: alles, was Menschen gemacht haben. Das heißt: Architektur und Kunst, aber auch: Musik, Sprache, Sport, Wissenschaft und Religionen.
Kultur ist eigentlich das Gegenteil von *Natur*. Die Bücher von Boaz handeln von dieser alten Maya-Kultur.

Boaz würde sich nie einfallen lassen, wirklich auf die Jagd zu gehen.
Natürlich nicht!
Er könnte niemals ein Tier töten.
Die Sioux-Indianer taten es früher schon. Mit Pfeil und Bogen. Ja gut, sie mussten halt, denn sie lebten von der Jagd. Der Jagd auf Bisons,* um genau zu sein.
Aus den Häuten der Bisons machten sie Kleidung und Decken. Und Zelttuch für ihre Tipis, nicht zu vergessen. Die Sehnen der Bisons nahmen sie für ihre Bögen, und aus ihren Hörnern machten sie Löffel.
Und das Fleisch aßen sie auf.
Sie mussten doch schließlich essen!
Die Indianer von früher hatten noch keine vegetarischen Schnitzel.

---

* Büffel und Bisons sind unterschiedliche Tiere. Aber auf Englisch heißen sie beide buffalo. Der Büffel kommt in Afrika und Asien vor, der Bison in Amerika und in Europa. Der europäische Bison wird manchmal auch Wisent genannt.

Also.
Bisonjagd. Büffeljagd.

Sehr gut möglich, dass Aisha durch den Brief an die Bisonjagd ihrer Vorfahren erinnert wird. Mit echten toten Tieren.
Vielleicht sollte Boaz lieber einen anderen Brief für sie malen.

9

Aisha findet die Maya auch großartig.
Das kann man sehen.
Na ja, genau gesagt, nicht *alles* mag sie. Manche Seiten der Maya sind für Aisha nicht so das Wahre. Die überschlagen sie besser.
Aber ihre Wandmalereien, ihre verzierten Vasen und Krüge, die besonderen Symbole, mit denen sie geschrieben haben, die Masken und Bildhauerarbeiten, die machen Aisha auch so richtig froh.
Sie hat ihren Kummer schon ganz vergessen.
Die Kunst der Maya ist ja auch ohrenbetäubend schön.

Während Boaz vorliest, mit welchen Materialien die Maya-Künstler arbeiteten, hat Aisha ihren Zeichenblock genommen und angefangen, die geheimnisvollen Maya-Symbole und -verzierungen abzuzeichnen.
Und dann kommt Boaz auf einmal eine wahnsinnig gute Idee:
Er wird die Lehrerin fragen, ob er zusammen mit Aisha eine Arbeit machen darf!
Eine Arbeit nur über die *netten Seiten* der Maya.

Das könnte auch gleich der Titel sein.
Die netten Seiten der Maya.

10

Boaz wünschte, er könnte die unangenehmen Seiten von Papa und Mama auch einfach überschlagen.

Er sitzt an seinem Lieblingsplatz in den Dünen, auf dem Kletterbaum am Rand des kleinen Sees.
Die Essenszeit ist schon vorbei. Das merkt er an der Sonne, die untergeht. Und an seinem Magen, der merkwürdige Geräusche macht.
Schön, dass er nicht nach Hause geht. Ätsch.
Vielleicht ja auch nie mehr.
Vielleicht läuft er ja davon.
Für immer.
Oder er zieht zu Oma.
Oder zu Aisha. Wenn ihre Eltern es erlauben.
Boaz wischt sich die Nase an seinem Ärmel ab.
Sein Herz klopft inzwischen wieder normal. Bisschen langsam sogar.
Auch sein Herz ist müde von dem Streit.

Das kam so:
Heute Nachmittag, als die Schule aus war und Boaz nach Hause

rennen wollte, standen Papa und Mama auf einmal zusammen auf dem Schulhof.

Das war merkwürdig.

Erstens, weil Boaz fast nie abgeholt wird. Er wohnt nicht weit von der Schule und kann deshalb leicht selbst nach Hause laufen.

Und zweitens, weil Mama und Papa beide da waren. Das passierte sonst wirklich nie.

Papa trug noch seinen Anzug und seine Krawatte. Also kam er direkt aus dem «Geschäft».

«Was macht ihr hier?», fragte Boaz.

«Tag, Boaz», sagte sein Vater irritiert. «Geht es vielleicht etwas höflicher? Deine Mutter und ich sind wegen der Zeugnisbesprechung hier, weißt du noch?»

«Ach.» Das hatte Boaz ganz vergessen. «Dann gehe ich solange zu Oma», sagte er und wollte schon losrennen.

Aber sein Vater hielt ihn zurück.

«Du darfst diesmal auch mit dabei sein.»

Papas Mund hatte *du darfst* gesagt, aber seine Hände, die Boaz fest am Wickel packten, sagten ganz eindeutig: *Du musst!*

Die Lehrerin war gerade dabei, die Stapel von Papieren und Zeugnissen auf ihrem Schreibtisch ordentlich geradezurücken.

Nachdem sie Boaz und seinen Eltern die Hand geschüttelt und ihnen einen Stuhl angeboten hatte, sagte sie auf einmal sehr fröhlich und auch lauter, als Boaz es von ihr gewohnt war:

«Bo, ich habe eine Überraschung für dich ...»

Das klang irgendwie verrückt.

Es schien, als freute sich die Lehrerin nicht ganz so sehr über die Überraschung, wie sie eigentlich wollte.

«Du darfst eine Klasse überspringen!»

Danach kam nichts mehr.

Also war das offenbar die Überraschung.

Boaz warf einen kurzen Blick auf seine Eltern. Die saßen da, als hätten sie gerade im Lotto gewonnen.

«Wir sind sehr stolz auf dich, Junge», sagte Papa.

Mama war auch sehr stolz, das sah man an ihrem Gesicht.

«Was bedeutet das, eine Klasse überspringen?», hatte Boaz seine Lehrerin gefragt.

«Das bedeutet, dass du wahrscheinlich nach den Herbstferien zu Lehrer Ronnie in die Klasse kommst.»

«Ach.» Boaz musste kurz nachdenken. Ronnie. Der nette Lehrer mit den schwarzen Zöpfchen.

«Wie oft?», fragte er.

Die Lehrerin verstand die Frage nicht.

«Einen oder zwei Nachmittage pro Woche?»

«Jeden Tag», sagte die Lehrerin. «Das ist der Witz daran, wenn man eine Klasse überspringt. Du kommst gleich für immer in die nächste Klasse.»

Boaz dachte wieder kurz nach.

«Freust du dich?», fragte Papa. Er guckte dabei einigermaßen streng. Vielleicht hatte er es ja eilig, wieder ins «Geschäft» zurückzukommen. Sein Smartphone hatte schon vier Mal gesummt. Aber Boaz musste immer noch nachdenken.

Er ließ sich Zeit. Obwohl Papa mit den Fingernägeln auf dem Tisch trommelte.

«Darf Aisha auch eine Klasse überspringen?», fragte er dann.

«Äh ... nein, ich glaube kaum», sagte die Lehrerin.

«Warum nicht?»

«Aisha kann die Sprache noch nicht.»

«Welche Sprache?»

«Unsere.»

«Aber dafür kann sie drei andere Sprachen!», sagte Boaz. «Ihre eigene, die Gebärdensprache und die Petroglyphen-Sprache.»

«Ja, das ist sehr stark», meinte seine Lehrerin. «Aber wenn Aisha später eine gute Abschlussprüfung machen will, dann muss sie erst unsere niederländische Sprache gut lernen.»

Das klang logisch. Und klar.

«Ja. Also gut. Dann bleibe ich lieber hier bei Ihnen», hatte Boaz zu seiner Lehrerin gesagt. «Und bei Aisha.»

Tja, wenn es so einfach gegangen wäre, dann hätte es kein Problem gegeben.

Doch es gab ein Problem.

Und zwar ein großes.

«Ich befürchte, da gibt es nichts zu entscheiden, Bo», sagte Papa. «Ich habe hierüber schon ausführlich mit dem Direktor gesprochen. Und ich will es wirklich.»

Wie bitte?!

Wieso *wollte Papa es wirklich*?

«*Du* musst aber doch nicht zu Lehrer Ronnie in die Klasse!», rief Boaz giftig.

«Nicht so frech, Junge!», warnte ihn Papa.

«Und Mama? Willst du es auch?»

Mama wollte es auch. Sehr gern sogar.

«Und Oma?» Boaz' Stimme wurde immer lauter.

«Ich denke, auch deine Oma hat hier nichts zu sagen, Bo», sagte die Lehrerin leise, als versuchte sie schon mal, den aufkommenden Streit zu beschwichtigen.

Plötzlich wurde Boaz sehr heiß. Sein Herz begann wie rasend zu pochen und alle Muskeln in seinen Beinen und Armen zitterten auf einmal.

«Und das heißt???», schrie er seine Lehrerin an. «Was geschieht denn jetzt?»

Das war wirklich frech. Aber die Lehrerin verträgt zum Glück eine ganze Menge.

«Tut mir leid, Bo, aber du hast keine Wahl», sagte sie.

Das bedeutete: Wir machen genau das, was deine Eltern wollen.

Und da wurde Boaz fürchterlich wütend.

Er wurde so übernatürlich wütend, wie es selten vorkommt. Auch bei Eltern. Selten. Boaz war noch nie so brüllend, so rasend, so fuchsteufelswild gewesen. Er war wie ein verwundeter Bison mit einem Indianerspeer im Rücken, aus dessen Nasenlöchern Dampf kam. Am liebsten hätte er einen Stuhl durch den Klassenraum gefeuert, so wie neulich noch Jayden. Oder jemanden getreten und gebissen. Nicht die Lehrerin, sondern zwei andere *Jemande*. Die beiden, die an dem Mistgefühl schuld waren, das er jetzt hatte. Dem Gefühl, dass alles falsch lief. Dass alles, was ihm gefiel, endgültig verdorben wurde.

«Mir tut es auch leid!», schrie er. «Ganz fürchterlich leid! ABER ICH TUE ES NICHT. Ich werde keine Klasse überspringen! Ihr dummen ...»

Und dann sagte er etwas sehr Hässliches zu seinen Eltern. Etwas, das er wahrscheinlich gar nicht so gemeint hatte. Und das hier nicht wiederholt werden kann.

Und danach war er davongerannt.

11

Boaz wohnt nicht weit weg von der Schule.
Meistens geht er allein nach Hause. Oder zu Oma, die wohnt auch in der Nähe.
Heute war Oma leider nicht zu Hause. Boaz hatte bestimmt ein Dutzend Mal geklingelt und vier Mal ganz laut durch den Briefschlitz gerufen: «*Oma, ich bin es!*»
Sie war wirklich nicht da.

Boaz war bis zum Ende von Omas Straße gerannt, vorbei an dem kleinen Platz und dem Fußballkäfig, vorbei an der Straße, in der er selbst mit Papa und Mama wohnt, in Richtung Hockeyfelder und kleinem Dünensee. Und Kletterbaum.
Nachdem er eine Viertelstunde ganz schnell gerannt war, kam er keuchend und stolpernd bei seinem Lieblingsplatz am See an. Ein paar Kinder spielten dort am Wasser, und die wilden Shetlandponys waren zum Glück auch da. Sie standen ein Stück weiter im Wald.
Boaz kletterte auf seinen Baum und blieb da sehr lange sitzen.
Sehr, sehr lange.
Bis er sich beruhigt hatte.

Das ist jetzt.
Jetzt ist Boaz wieder ruhig.
Er hat Hunger.
Schade, dass er seinen Rucksack in der Schule liegen gelassen hat; darin war noch ein altes Butterbrot.
Außerdem ist ihm auch etwas kalt.
Boaz mag die Stille.
Das schon.
Aber jetzt wird es wirklich sehr, sehr still.
Die anderen Eltern sind mit ihren Kindern längst zu Hause.
Die sitzen jetzt gemütlich beim Essen.
Oder schön warm in der Badewanne.
Oder sie brüten über ihrem iPad.
(Na ja, natürlich nicht ganz wie die Hühner.)

Der kleine See dampft ein wenig. Und die Sonne ist schon fast ganz untergegangen. Das sieht man an diesem roten Streifen am Himmel, direkt über den Bäumen.
Doch, schön ist das. Aber ...

Was Aisha jetzt wohl gerade macht?
Ob sie gerade an Boaz denkt? So wie er genau jetzt an sie?
Und morgen? Wird Aisha ihn in der Klasse vermissen, wenn er nicht zur Schule kommt?
Denn er ist immerhin von zu Hause weggelaufen!
Vielleicht nicht endgültig für immer. Aber doch für eine gewisse Weile.
Ach nein. Morgen ist Mittwoch. Dann ist Aisha bei den Neuzugängen.
Oder sonst Freitag? Wird sie ihn am Freitag vermissen?
Ob Aisha es genauso schön findet, neben Boaz zu sitzen, wie er umgekehrt neben ihr?

Ob er genauso gut riecht wie Aisha?
Bestimmt nicht.
Aisha riecht nach den Blüten von Mamas Lieblingsstrauch. Wie heißt der noch mal? Irgendwas mit «ei» ...
Wenn man neben Aisha sitzt und man riecht diesen Strauch und schaut hin und wieder zu ihr rüber, wie sie sich genau wie eine langsame Balletttänzerin bewegt und so zierlich ihre Buntstifte in die Hand nimmt, dann wird man ganz ruhig von innen.
Mit Aisha an seiner Seite werden die Tage nie lang. Im Gegenteil. Sie sind sogar ein bisschen zu kurz.
Mit Aisha in der Nähe braucht man nicht einzuschlafen oder aus dem Fenster zu starren. Und man ist auch gar nicht mehr nervös. Man erschrickt nicht mehr die ganze Zeit vor den vielen Geräuschen um sich herum. Oder vor Jayden, der einem immer, wenn die Lehrerin es nicht sieht, gegen den Stuhl tritt.
Neben Aisha kann man sich sogar auf die *Rechentiger* konzentrieren.

Über Boaz' Gesicht laufen Tränen.
Aisha ...
Freitag sitzt sie vielleicht allein in der Klasse. Oder sie sitzt neben Thomas. Oder neben Enzo.
Ist es Aisha am Ende egal, neben wem sie sitzt?

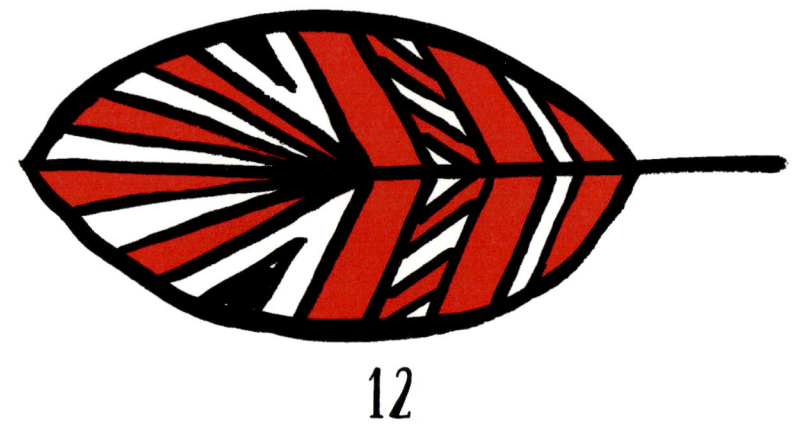

12

Das Problem beim *Von-zu-Hause-Weglaufen* ist: Wann geht man wieder zurück???
Wartet man, bis man gefunden wird?
Aber was, wenn sie gar nicht nach einem suchen? Weil sie denken: Der taucht schon von selbst wieder auf.
Was dann?
Bleibt man dann für immer weg?
Für immer, das geht natürlich nicht.
Wie macht man das beispielsweise mit dem Essen? Und wenn es regnet, wo schläft man dann?
Das nächste Mal, wenn ich von zu Hause weglaufe, nehme ich eine große Tüte Brot mit und eine dicke Jacke, denkt Boaz.
Nicht vergessen.

Es wird jetzt echt zu kalt, um noch länger hier zu sitzen.
Wenn dir kalt ist, musst du dir einen Tee kochen, sagt Oma immer.
Oder dich bewegen.
Boaz klettert aus seinem Baum. Er pflückt ein paar Blätter vom *Pfaffenhütchen*. Das ist ein Strauch, auf den viele Tiere ganz versessen sind. Vorsichtig nähert er sich den Pferden.

Cisco, das schwarze Pony mit der grauen Mähne, steht mit dem Kopf an einen Baum geparkt. Als müsste er zur Strafe in der Ecke stehen. Boaz hat ihn Cisco genannt. Nach dem Pferd aus Omas Indianerfilm. Cisco hält sich immer ein bisschen abseits von der Herde. Es scheint, als hätte er überhaupt keine Freunde.
Mama würde das sehr traurig finden.
Boaz nicht.
Es ist wirklich nicht so schlimm, keine Freunde zu haben.
Bloß ...
Wenn man keine Freunde hat, hat man auch niemanden, mit dem man zur Turnstunde geht. Keinen Kameraden, mit dem man sich zusammen in die Reihe stellt.
Vor wenigen Wochen war es für Boaz kein Problem, allein zum Turnen zu gehen. Sondern eher schön ruhig. Aber seit Aisha seine Kameradin ist, denkt er ganz anders darüber.
In der Reihe zur Turnhalle hält Aisha seine Hand. Das sind die schönsten Minuten der Woche. Die, in denen Aisha seine Hand hält. Sieben Minuten hin und sieben Minuten zurück. Und wenn sie wieder in der Schule sind, folgt der schwierigste Moment der Woche: Aishas Hand loslassen.
Wie soll das demnächst werden, nach den Herbstferien bei Lehrer Ronnie?
Oder muss man sich bei Lehrer Ronnie für den Weg zum Turnen nicht mehr in einer Reihe aufstellen? Darf man dann vielleicht einfach allein mit dem Fahrrad dorthin?
Nicht dran denken jetzt.
Alles ist auch so schon kompliziert genug.
Während Boaz die Hand mit den Blättern direkt unter Ciscos Maul hält, streichelt er dem Pferdchen mit der anderen Hand über den Rücken.
Das ist eigentlich nicht erlaubt. Beim Eingang zu den Dünen steht ein Schild *Tiere anfassen verboten*.

Na ja. *Man darf so vieles nicht*, sagt Oma immer.

Das kleine Pferd ist schön warm. Boaz stellt sich möglichst nah an es heran.

Cisco hat nichts dagegen.

Vorhin schien die Herde noch vorzuhaben, die Nacht an dem kleinen See zu verbringen. Die meisten Ponys standen in Ruhestellung, mit einem angewinkelten Hinterbein. Ein paar lagen auch im Sand und schliefen. Aber die stehen jetzt auf. Die Herde setzt sich langsam in Bewegung.

Ach ...

Das ist eigentlich nicht so praktisch ...

Sie könnten besser hierbleiben. Beim See. Und dem Kletterbaum.

Mit den Pferdchen um sich fühlt Boaz sich sicher.

Und hinzu kommt: Oma weiß, dass das hier sein Lieblingsplatz ist.

Wenn Papa und Mama ihn finden wollen, dann rufen sie erst Oma an. Und danach werden sie ganz bestimmt an diesem Platz nach ihm suchen ...

«Cisco, wollen wir nicht lieber hierbleiben?», fragt Boaz sein Lieblingspony, das noch immer geduldig neben ihm steht. «Von hier aus kann ich den Weg nach Hause nämlich noch finden. Denke ich. Auch im Dunkeln ...»

Cisco gibt keine Antwort.

«Ich meine, *falls* ich auf einmal doch nach Hause möchte ...»

Cisco kaut auf den Blättern und schüttelt seine Mähne.

«Aber wenn wir wieder kreuz und quer durch die Dünen streifen, dann weiß ich nachher nicht mehr, wo ich bin ...»

Das ist nämlich der Nachteil an den Dünen. Wenn man von den vorgesehenen Wegen «abkommt», hat man sich innerhalb kürzester Zeit verirrt.

Man steigt über einen Dünenkamm und danach über noch einen und glaubt, man käme dann einfach wieder auf den Fußweg, aber das ist nie so.

Wenn man über die Wildpfade* geht, muss man sehr genau darauf achten, wo die Sonne steht. Denn diese Pfade wechseln fortwährend die Richtung, ohne dass man es merkt.

Boaz ist schon öfter mit den Ponys mitgegangen. Und hat sich schon öfter verirrt.

Aber das war tagsüber, wenn es hell war.

Sich im Dunkeln verirren ist noch eine Spur schlimmer …

Cisco schüttelt den Kopf und dreht seine Ohren hin und her. Er wirkt etwas ungeduldig. Die anderen Ponys sind jetzt alle aufgestanden und trotten hinter ihrem Leittier den Sandhügel hinauf. Cisco will auch mit.

Was soll Boaz tun?

Hier allein zurückbleiben kommt echt nicht in Frage.

Aber allein durch den Wald nach Hause traut er sich auch nicht …

Hätte er jetzt bloß diese Tüte mit Brot dabei! Cisco ist ganz versessen auf Brot.

Schnell hebt Boaz ein paar Eicheln vom Boden auf.

Eigentlich dürfen Ponys keine Eicheln fressen, denn die sind giftig. Aber ein paar sind bestimmt nicht schlimm …

Langsam trottet Cisco hinter seinen Kollegen her.

Wegen der Hand mit Eicheln, die Boaz ihm entgegenstreckt, kommt er nicht zurück.

Tja …

Boaz bleibt nichts anderes übrig.

Er muss mit.

---

* Ein Wildpfad ist ein von Tieren gemachter Pfad. In den Dünen gibt es sehr viele davon.

 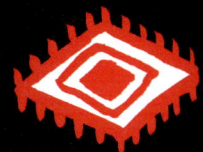

13

Es ist überhaupt nicht so schön in den Dünen, wenn es dunkel ist.
Überhaupt nicht.
Es ist sogar fast zum Fürchten.
Man hört lauter merkwürdige Geräusche.
Woher kommen die, wer macht die?
Die Ponys nicht. Die Geräusche der Ponys kennt Boaz. Ihr Schnauben und das Trommeln ihrer kleinen Hufe auf dem Boden; ab und zu das Knacken von Zweigen und Tannenzapfen, über die sie hinweglaufen. Das klingt vertraut.
Aber er hört auch viel Geraschel von Tieren, die plötzlich ins Gestrüpp weghuschen.
Sind das Mäuse? Oder Vögel?
Oder Füchse vielleicht?

Und man sieht überhaupt nicht, wohin man tritt. Man bekommt jedes Mal einen Mordsschreck, wenn man aus Versehen in eine Kuhle tritt oder über eine Baumwurzel stolpert.
«Cisco, wohin geht ihr überhaupt?», fragt Boaz. «Und warum muss das sein, so mitten in der Nacht? Könntet ihr nicht erst schlafen vielleicht? Morgen ist auch wieder ein Tag, hörst du?»

Boaz hat ein bisschen Angst, dass er den Ponys bald nicht mehr folgen kann. Er ist jetzt schon so müde. Vom vielen Gehen tun ihm die Beine weh. Und seine Hände schmerzen von den stacheligen Büschen, die ihm die Haut aufreißen, wenn er an ihnen entlangstreift.

«Cisco, lass uns bitte kurz ausruhen», fleht er. «Ich bin so müde ...»
Aber Cisco trottet stur weiter.
Vielleicht ...
Vielleicht kann Boaz auf seinen Rücken klettern?
Würde er das wagen?

Es ist schon eine ganze Zeit Boaz' größter Wunsch, Cisco zu zähmen. Ihn so zahm zu machen, dass er einmal auf seinem Rücken durch die Dünen reiten kann. Auf Wildpferden reiten, das geht! Man braucht wirklich nicht unbedingt einen Sattel oder Zügel. Die Indianer sind früher auch ohne Sättel geritten. Und ohne Zügel. Sie hielten sich einfach an der Mähne des Pferdes fest.
Aber so zahm, dass man auf ihm reiten kann, ist Cisco noch längst nicht. Es ist schon sehr viel, dass er sich von Boaz streicheln lässt.
Das kommt wahrscheinlich von all den leckeren Sachen, die Boaz immer für ihn mitbringt. Den Pferdeleckerlis, die er manchmal von seinem Taschengeld bei der Reitschule kauft, und dem Brot und den Äpfeln, die er von zu Hause mitnimmt. Dicke Wintermöhren manchmal. Cisco schmeckt alles.

> Bevor die Europäer im Jahr 1492 Amerika «entdeckten», gab es dort keine Pferde. Die haben erst die Spanier eingeführt. Das heißt, neben sehr viel Elend (darunter Krankheiten wie Windpocken und Masern, der Raub von Land und Rohstoffen und die Vernichtung der Indianerkultur), haben die Europäer den Indianern auch etwas Gutes gebracht, und zwar Pferde!!!

Boaz nicht. Dem schmeckt nicht so viel.
Obwohl er in diesem Moment eine Wintermöhre nicht ausschlagen würde.
Rosenkohl auch nicht. Oder ein steinhartes altes Butterbrot.
Vielleicht würde ihm in diesem Moment sogar ein Pferdeleckerli munden.

Boaz legt seine Hand auf den Rücken des Ponys, während er weiter neben ihm her geht.
Das klappt gut.
Dann legt er seinen Arm um das Tier.
Auch das geht gut.
Vielleicht kann er sich beim Weitergehen ein wenig auf Cisco stützen.

14

Endlich halten die Ponys bei einer Lichtung.
Boaz hat keine Ahnung, wo er ist.
Wie spät mag es wohl sein?
Ist es schon mitten in der Nacht?

Eigentlich ist es gar nicht mal *echt* unheimlich mitten in der Nacht in den Dünen.
Der Mond ist mittlerweile hinter den Wolken hervorgekommen, und dadurch ist es nicht mehr so dunkel.
Eine Nacht in den Dünen ist nicht so sehr viel anders als eine Nacht auf dem Campingplatz in Lage Vuursche mit Oma.
Papa und Mama kommen nie mit nach Lage Vuursche, denn Camping mögen sie nicht. Papa und Mama fahren lieber nach *All Inclusive*. Das liegt irgendwo an der Küste von Tunesien. Da ist es sehr heiß und sehr langweilig. Einmal ist Boaz auch dort gewesen, aber für ihn war das nichts. Er fährt viel lieber mit Oma zum Zelten.
Wenn man auf dem Campingplatz mitten in der Nacht mal muss, ist es genau wie hier in den Dünen. Dunkel und ein klein wenig unheimlich. Dann rennt man ganz schnell zum

Toilettenhaus, wo zum Glück immer ein Licht brennt, und danach rennt man über den dunklen Platz wieder ganz schnell zu dem Zelt zurück, in dem Oma liegt und schläft. Und wenn man da dann vor dem Zelt steht und man schaut zu den Bäumen um einen herum und hinauf zu den Sternen, dann fühlt man sich ganz besonders. Und außergewöhnlich. Dass man so ganz allein in der Natur ist. In dieser ruhigen, kalten Nacht.
Das ist eigentlich nicht unheimlich.

Tja ... auf dem Campingplatz hat man ein Zelt. Mit einem warmen Schlafsack. Und einer schnarchenden Oma.
Aber hier, mitten in der Nacht in den Dünen, ist es unheimlich genug, um sich doch ein bisschen zu fürchten.

15

Boaz versucht es mit Omas Trick.
Omas Trick, das ist:
Wenn du in einer bestimmten Situation Angst hast,
dann tu so, als müsstest du für jemanden sorgen, der noch mehr Angst hat als du.
Also.
Boaz hat ein bisschen Angst.
Angst, dass er nie mehr gefunden wird.
Und auch ein ganz klein wenig Angst, dass er gleich von einem gefährlichen wilden Tier aufgefressen wird.
Einem Wolf womöglich.
Er versucht sich einzubilden, dass er jemanden dabei hat, für den er sorgen muss.
Wer könnte das wohl sein?
Eines von den Kindergartenkindern vielleicht? Der witzige kleine Bruder von Imane? Der neulich mit der WC-Kette um den Hals die ganze Schule nach seiner großen Schwester abgesucht hat? Wie heißt der Kleine noch mal?
Oder nein, vielleicht sollte es Aisha sein.
Ob Aisha sich im Dunkeln fürchtet?
Bestimmt nicht.

Aisha ist eine Indianerin. Die weiß bestimmt, was sie in einem dunklen Wald tun muss, wenn sie von einem gefährlichen Tier angegriffen wird.
Vielleicht würde Aisha kämpfen und sich wehren?
Oder vielleicht wüsste sie einen Indianerspruch, mit dem sie das Raubtier verjagt? Einen Indianerspruch, den sie von den Medizinmännern ihres Volkes gelernt hat?
Die Wahrscheinlichkeit ist groß, dass Boaz mehr Angst hat, als Aisha in diesem Moment haben würde. Ganz allein in der Nacht.
Trotzdem entscheidet er sich für Aisha.
Weil es immer schön ist, Aisha bei sich zu haben.
Auch jetzt.
Besonders jetzt.

Boaz versucht sich einzubilden, dass Aisha bei ihm ist. Das fällt ihm gar nicht so schwer. Als er die Augen schließt, sieht er sie sofort vor sich.
«Hab keine Angst, Aisha», flüstert er. «Ich werde für dich sorgen.»
Auf einmal hört er etwas Seltsames. Es klingt wie Hundegebell. Aber das ist unmöglich, denn Hunde dürfen nicht in die Dünen.
Vielleicht ist es dieser Wolf ...
Der Wolf, wegen dem sich Boaz ein wenig Sorgen macht ...
Ein Schauder läuft ihm über den Rücken.
«Ganz ruhig, Aisha», flüstert Boaz zu sich. «Wölfe fressen keine Menschen ...»
Es klingt eher wie eine Frage.
«... glaube ich ...» Boaz ist sich nicht sicher. Und er will Aisha nicht anlügen.
«Na ja, vielleicht nur, wenn sie ganz, ganz hungrig sind ...»
Igitt.
Es könnte natürlich gut sein, dass der Wolf gerade ganz, ganz hungrig ist.

Warum würde er sonst bellen?
Boaz schaut zu Cisco. Der macht sich offensichtlich keinerlei Sorgen. Die anderen Ponys auch nicht. Die meisten schlafen. Im Stehen oder im Liegen. Manche stehen ruhig da und kauen vor sich hin. Jedenfalls sehen sie nicht aus, als ob sie sich bedroht fühlten.
Vielleicht ist es kein Wolf.
Vielleicht ist es doch ein Hund.
«Und hier gibt es keine Wölfe, Aisha. Reg dich nur nicht auf», sagt Boaz. «Wölfe gibt es nur weit weg in der Provinz Drenthe. Und außerdem wurden die alle schon längst vom Auto überfahren.»
Ja. Schade für Aisha. Sie mag tote Tiere nicht, das weiß Boaz. Aber die Feststellung, dass alle hungrigen Wölfe im Land tot sind, ist in diesem Moment wichtig.
Wieder ein Bellen.
Es klingt eigentlich auch nicht wie ein Hund.
Vielleicht ist es ein Fuchs. Ein bellender Fuchs.
Oder ein Igel!
Igel machen enorm viel Lärm, das weiß Boaz noch von den letzten Ferien mit Oma auf dem Zeltplatz. Mitten in der Nacht hatte ein Brummen und Knurren sie beide aufgeweckt. Es war beängstigend. Als ob ein Bär neben dem Zelt den Müllsack durchwühlte. Oma sagte, es wäre ein Igel. Igel könnten schnarchen wie ein Bär, sagte Oma. Boaz glaubte ihr nicht, und da hatte Oma die Taschenlampe genommen und sie waren in ihren Schlafanzügen nach draußen gegangen, um nachzuschauen.
Oma hatte recht gehabt. Es war ein Igel. Ein gefährlich brummender Igel. Mit einer süßen kleinen Schnute.
Vielleicht ist das hier ja auch einer.
Oder vielleicht ist es ja eine ganze Herde.
Eine Herde bellender, ausgehungerter Igel. Denen ein kleiner Junge durchaus schmecken würde.

«Wuff!»
Wieder dieses Mist-Gebell.
So langsam geht es Boaz auf die Nerven.

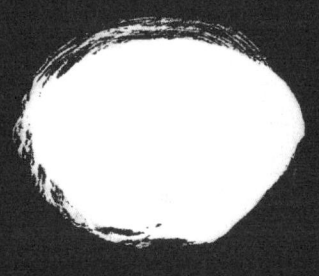

16

Boaz ist müde. Vom vielen Gehen tun ihm die Beine weh. Und es ist sehr kalt.
Wenn es so kalt ist, legt man sich besser nicht auf den Boden. Ehe man weiß, wie, ist man erfroren.
«Huuuu ...»
Jetzt aber nicht weinen.
«Aisha!», sagt Boaz ziemlich streng. «Wir werden nicht erfrieren. Erstens friert es nicht. Und zweitens haben wir Cisco.»
Cisco hat sich auf den Boden gelegt. Ihm ist überhaupt nicht kalt.
Boaz rückt ganz nah zu ihm heran.
Jetzt aber nicht weinen.
Gleich gefrieren deine Tränen. Und danach dein Gesicht. Und dann dein ganzer Kopf.
Mit einem gefrorenen Kopf kann man nicht mehr denken.
Denk nach.
Was tut man, wenn man in Not ist und man ist kein Indianer?
Um Hilfe rufen.

Das ist eine gute Idee. Um Hilfe rufen.

«Oma!», ruft Boaz leise, um die Ponys nicht zu erschrecken.

«Oma! Ich bin hier bei den Ponys!»

Und jetzt etwas lauter.

«Oma!!! Papa!!! Mama!!! Mir ist ein bisschen kalt! Könnt ihr kommen und mich holen?»

Boaz lauscht gespannt auf eine Antwort.

Hätte er jetzt bloß ein Feuerzeug dabei, dann könnte er ein Feuer machen und Rauchsignale schicken.

Oder eine Leuchtrakete. Oder eine Leuchtkugel.

«PAPA!»

Keine Antwort.

Irgendwo weit weg kreischt eine Eule.

Vielleicht sind Papa und Mama ja böse auf ihn.

Vielleicht wollen sie ihn überhaupt nicht finden.

Vielleicht denken sie ja: *Boaz soll ruhig noch etwas im eigenen Saft schmoren. Soll er ruhig ein paar Wochen lang allein in den Dünen zurechtkommen, der vorlaute Naseweis. Dann merkt er vielleicht, wie schön er es bei uns daheim hat.*

«Papa! Mama! Ich will auch nie mehr weglaufen! Ich schwöre es!», ruft Boaz. «Ich will alles tun, was ihr sagt!»

Keine Antwort.

«Ich überspringe die Klasse! Ich überspringe auch zwei, wenn es sein muss. Und ich werde später kein Förster werden!»

Keine Antwort.

«Und auch kein Indianer!»

Ciscos Ohren bewegen sich. Sein Fell zittert. Es gefällt ihm nicht, dass Boaz so schreit.

«Ich werde später studieren wie Papa! Wirtschaftswissenschaften! Oder Rechtswissenschaften, wenn das besser ist!»

Inzwischen ist sowieso alles egal.
Boaz würde sonst was versprechen.
Wenn er bloß gefunden wird, bevor er hier am Boden festfriert.
«Huu, huu, huu ...»
Nicht weinen, Aisha. Es gibt keinen Grund zur Panik. Wir werden sicher irgendwann einmal gefunden. Denke ich. Echt ...
HILFE!!!»

So Das war wahrscheinlich noch hinter den Hockeyplätzen zu hören.
Wie laut das klang in der stillen Nacht!
Vielleicht sollte er noch mal schreien.
Obwohl es Cisco unruhig macht.
«HILFE!»
In der Ferne bellen die Igel.
Cisco steht auf und schüttelt seine Mähne.
«Aisha, sollen wir zur Ablenkung irgendwas spielen?», schlägt Boaz vor. «Aber erst muss ich mal kurz.»
Es ist schon das dritte Mal, dass Boaz muss. Obwohl er doch schon stundenlang nichts mehr getrunken hat. Kommt von der Kälte. Das weiß er vom Zelten mit Oma.
«Hältst du Cisco solange fest?»
Boaz entfernt sich ein ganz kleines Stück von Cisco, pinkelt ins Gebüsch und kommt so schnell er kann wieder zurück. Mit dem Arm um den Hals des Ponys spielt er ein Sprachspiel, wobei er mit den Füßen trampelt, um sie aufzuwärmen.
«WurM

- MauS
SiebenschläfeR
- RabE
EiderentE
- ErfriereN.

Igitt, pfui, Aisha, kannst du dir nicht etwas Netteres einfallen lassen? Außerdem ist es auch falsch, denn es müssen Tiere sein. Was sagst du? Tiere findest du schwer? Also gut, dann spielen wir es mit Essen. Übrigens fällt mir auf, Aisha, dass dein Niederländisch in dieser Nacht sehr viel besser geworden ist. DonuT
- Toast HawaII

Ein *Ei*, das ist schwer ... Du, Aisha, wie heißt diese Pflanze noch mal, nach der du riechst? Es ist Mamas Lieblings-Gartenpflanze. Die ist auch mit einem *ei* ...*
- Toast Hawaii ist mit einem *I* am Schluss.

Ach. Ein *I*. IngwerteE»
- ErdbeereiS
SuppenfleiSCH
- SCHeißdrecK

Aisha! Achte ein wenig auf deine Sprache, ja? Dass wir jetzt unserem Schicksal überlassen sind, hier in den Dünen ohne Essen und Trinken und umgeben von gefährlichen wilden Tieren, bedeutet noch lange nicht, dass wir uns wie Barbaren benehmen dürfen!
Das klang wie ein Satz aus einer Nachrichtensendung für Erwachsene.
Huu, huu, huu ...
Aisha, fang jetzt bitte nicht an zu weinen; sonst gefrieren deine Tränen noch, und dann müssen wir zu einem Teufel in die Kü...**

---

* Die Gartenpflanze, die Boaz meint, heißt *Geißblatt*.

** Boaz will hier eigentlich sagen: «... und dann sind wir in Teufels Küche geraten». *In Teufels Küche geraten* ist ein altmodischer Ausdruck, den Oma oft verwendet. Er bedeutet, dass man in Schwierigkeiten gerät.

Auf einmal hört Boaz wieder das doofe Gebell.
Es klingt jetzt näher als vorhin.
«Ja, Igel, halt doch mal den Schnabel! Aisha und ich haben ja doch keine Angst!», ruft Boaz. «Und wir haben lieber etwas Stille, wenn wir nachdenken müssen. Wir spielen ein sehr schwieriges Spiel. Ich versuche, mich zu konzentrieren! Und das geht nicht, wenn ihr immer herumbellt!
Huu, huu, huu ...
PAPA!!! KOMM UNS ENDLICH HOLEN!!!»

Das Bellen kommt näher. Man könnte wirklich schwören, es käme von einem Hund.
Aber Boaz hört auch eine Eule. Mit «eu». Nicht mit «ei», wie in Mama Lieblingspflanze.
Können Eulen bellen?
Oder machen die Igel jetzt auch schon eine Eule nach?
Allmählich langt es aber ...
«Uuuaaaii!»
Warte mal ...
Das ist keine Eule.
Das ist ...
Es ist Oma!!!!
«OMA!!! Ich bin hier!!!», schreit Boaz. «Bei Cisco und den anderen Ponys!!!»

18

«Gottseigelobtundgepriesen!», sagt jemand.
Boaz wird ganz leicht im Kopf.
«Oma!», ruft er, und dann wird alles schwarz.

Ein leichter Klaps auf seine Wange lässt ihn aufwachen.
Eine Frau in einer grünen Uniform steht über ihn gebeugt. Sie hat Omas Stimme.
«Oma, bist du Förster geworden?», fragt Boaz verwundert.
Oma muss lachen.
Nicht sehr feinfühlig.
«Entschuldige, Bo, das sind die Nerven», sagt sie rasch. «Aber du hast dich angehört wie Rotkäppchen. *Oma, was hast du für große Ohren!*»
Auch die Försterin muss lachen.
«Seid ihr nur gekommen, um mich zusammen auszulachen, oder was?», fragt Boaz verärgert und setzt sich auf.
«Nein, lieber Schatz, wir freuen uns bloß so unheimlich, dass wir dich gefunden haben!» Oma hockt neben ihm und nimmt ihn in beide Arme.
«Du warst ohnmächtig», sagt die Försterin. «Kannst du aufstehen? Bist du in Ordnung?»

Boaz kann aufstehen.

Er ist in Ordnung.

Aber nicht ganz, denn ihm ist kalt und er ist dem Weinen näher als dem Lachen.

Die Försterin zieht ihre Jacke aus und legt sie Boaz um die Schultern.

Oma holt eine Banane aus ihrer Tasche.

«Du wirst sicher hungrig sein», sagt sie. «Es ist schon fast halb neun.»

Halb neun?

«Ist es schon halb neun Uhr früh?», fragt Boaz erstaunt.

Kein Wunder, dass er so müde ist und so einen Hunger hat.

«Nein, mein Schatz. Halb neun am Abend. Wir suchen dich schon seit anderthalb Stunden. Papa und Mama haben gedacht, du wärst bei mir. Sie riefen an, du solltest zum Essen nach Hause kommen, und von dem Moment an suchen wir nach dir. Wir haben uns große Sorgen gemacht, denn es wurde schon dunkel ...»

Bei dem letzten Satz muss Boaz plötzlich unbändig weinen.

Wegen dem «dunkel».

Und weil er solche Angst gehabt hat.

«Es tut mir so leid, dass ich weggelaufen bin ...», schluchzt er mit vollem Mund. «Ich wollte nicht *wirklich* weglaufen, Oma, ich wollte bei dem kleinen See bleiben, bis ihr mich finden würdet, aber dann ist Cisco auf einmal der Herde hinterhergegangen, obwohl ich ihn angefleht hatte, bei mir zu bleiben, also da musste ich einfach mit ...» Boaz weint, redet und isst durcheinander. «Und mein Butterbrot lag noch in der Schule und ich hatte meine Sommerjacke an, die ist längst nicht warm genug, das hatte Mama heute früh vor der Schule noch gesagt ...»

Oma streicht ihm über den Rücken.

«Und ich bin sehr unhöflich zu den Igeln gewesen, und eigentlich auch zu Aisha, das tut mir auch leid ...»

Das Schluchzen wird schon schwächer.
«Hast du noch mehr Bananen, Oma?»
Oma hat keine Bananen mehr, aber wohl noch einen Müsliriegel.
«Kommt, wir gehen zu unseren Fahrrädern», sagt die Försterin.
«Und dann melde ich als Erstes, dass wir dich gefunden haben.»
Ach ja.
Gute Idee.
Damit Papa und Mama wissen, dass man ihn gefunden hat, und sie aufhören können zu suchen.

Die Försterin geht voraus und redet durch ihr Funksprechgerät mit der Polizei.
Boaz und Oma folgen ihr Hand in Hand.
«Wo ist Cisco?», fragt Boaz.
«Der steht ein Stück weiter bei seinen Freunden», sagt Oma.
«Und der Hund?»
«Welcher Hund?»
«Da hat die ganze Zeit ein Hund gebellt», sagt Boaz.
«Das kann eigentlich nicht sein ...»
Boaz nickt. Er weiß. Hunde dürfen nicht in die Dünen.
«Vielleicht der Hund von der Polizei?»

Aber es war kein Hund, sagt die Försterin später. Es war ein Hirsch.
Ein bellender Hirsch.

19

Als sie zu dem Radweg kommen, steht da ein Polizeiauto bereit. In dem Auto warten ein Polizist und ein Polizeihund! Ein ganz lieber Schweizer Schäferhund, der in den Dünen nie bellt, denn darauf ist er dressiert. Er heißt Balthasar.
Boaz darf wählen. Will er bei der Försterin hinten aufs Rad steigen? Oder zu Balthasar ins Polizeiauto?
Boaz will natürlich zu Balthasar.
Aber nicht allein. Oma muss auch mit.
Oma ist einverstanden. Sie lässt ihr Fahrrad einfach hier in den Dünen. Das holt sie dann morgen ab.

Boaz sitzt auf der Rückbank zwischen Oma und dem Hund. Er streichelt Balthasar, der seinen Kopf auf Boaz' Schoß gelegt hat.
Und während sie langsam über den Radweg fahren, um die Tiere in den Dünen nicht zu stören, erzählt Oma, wie es gegangen ist:
Dass sie nach Mamas Anruf zu dritt auf dem Platz und beim Fußballkäfig gesucht hätten.
Dass sie gedacht hätten, Boaz wäre vielleicht mit zu Colin nach Hause gegangen, oder zu Ricardo. Aber keiner von den dreien wusste, wo Colin und Ricardo wohnen.

Dass sie dann bei allen Häusern rund um den Platz geklingelt hätten. Und danach die Polizei und die Försterin eingeschaltet hätten, «... denn ich bin erst nach einer halben Stunde auf die Idee gekommen, dass du vielleicht bei deinem geheimen Kletterbaum sein könntest».

Oma plappert wie ein Wasserfall. Sie redet in zehn Minuten mehr als sonst in einer ganzen Woche. Boaz kann dem Ganzen nicht so recht folgen. Es bringt ihn fast wieder zum Weinen.

«Oma, ich bin so müde ... Kannst du bitte aufhören zu reden?», fragt er.

Oma muss lachen.

«Ach ja, entschuldige, lieber Schatz!», sagt sie. «Ich bin einfach nur so was von froh ...»

Boaz drückt ihre Hand.

Ich auch, Oma.

Bin froh.

Dass du mich gefunden hast.

Und dass ich jetzt hier sitze. In dem Polizeiauto. Mit Balthasar.

20

Der große Vorteil beim *Von-zu-Hause-Weglaufen* ist: Wenn du wieder da bist, freuen sie sich mehr über dich als je zuvor.
Aber abgesehen davon ist es nicht zu empfehlen.
Nicht, bevor du zwanzig bist.
(Sagt Oma.)

Papa und Mama hatten Boaz gestern Abend fürchterlich verwöhnt, als er wieder zu Hause war. Sie hatten ihn mit Küsschen und lieben Worten nur so überschüttet. Dass sie so unheimlich froh wären und ihn so lieb hätten; lauter Sachen in der Art.
Und Boaz hatte versprochen, es nie mehr zu tun: weglaufen.
Er aß einen ganzen Stapel Weißbrotstullen mit Erdnussbutter. Mindestens vier. Oder sechs. Und einen Schoko-Muffin hinterher. Während Papa, Mama und Oma den Teller mit aufgewärmten Shoarma vertilgten.
Na ja, den Teller selbst natürlich nicht.
Und er bekommt einen kleinen Hund.
Echt.

Es ist fast nicht zu glauben, denn jeder in der Familie ist allergisch:
Oma gegen Nüsse und öffentliche Verkehrsmittel,
Papa gegen Reinigungsmittel und Staubsauger,
Mama gegen die Sekretärin in Papas «Geschäft»
und alle drei gegen haarende Haustiere.
Aber von dem Letztgenannten sind sie anscheinend plötzlich geheilt.
Boaz bekommt einen kleinen Hund!
Er darf sich selbst aussuchen, was für einen. Es braucht auch gar nicht mal ein haar- und staubfreier Labradoodle zu sein. Alles ist erlaubt. Es darf auch ein Junges von der Polizeihündin sein. Und das soll es werden.
Das Weibchen von Polizeihund Balthasar ist trächtig, und die Welpen kommen in ungefähr zwei Wochen zur Welt.
Könnte gar nicht besser sein, oder?

Als Boaz gegen zehn Uhr todmüde in sein Bett fiel, dachte er, alles wäre wieder gut geworden.
Und heute früh beim Aufwachen dachte er das noch immer.

Aber jetzt,
jetzt, wo er in der Klasse einen Brief für Aisha malt,
da ziept wieder etwas in seinem Bauch.

21

Freitagnachmittag vor dem Turnen haben Boaz und Aisha eine Dreiviertelstunde Zeit, um ihre Bastelarbeit von der letzten Werkunterrichtsstunde zu Ende zu bringen.
Boaz ist immer noch mit seinem Totempfahl aus Pappmaschee beschäftigt. Es ist ein langfristiges Projekt geworden. Aisha hat letzte Stunde einen Fußball modelliert, aber der ist schon fertig.

«Hör zu, Aisha. Es sind schon fast Herbstferien ...» Boaz wartet einen Moment, ob Aisha das Wort versteht. Sie schaut ihn mit ernsten Augen an.
«H e r b s t f e r i e n», sagt Boaz noch einmal langsam und deutlich. «F a s t. Wir haben nur noch wenig Zeit, unsere Arbeit über die Maya fertigzubekommen.» Dabei zeigt er auf das Maya-Buch, das auf seinem Tisch liegt.
Aisha nickt. Sie versteht es.
«Das heißt, wenn du jetzt damit anfängst, eine Vorderseite dafür zu malen, dann beginne ich mit dem Schreiben.» Boaz legt ein Zeichenblatt und seine Buntstifte vor Aisha hin. Das Thema für die Arbeit hat er sich schon überlegt. Sie muss von der Kunst der Maya handeln, von ihren Tieren und von ihrem Glauben.

Er blättert durch das Maya-Buch und zeigt auf eine Reihe von Kunstgegenständen.

«Die Vase hier kannst du malen ...», sagt er. «Oder das hier ...», und er zeigt auf eine kleine Affenfigur. «Oder ...»

«Das!», sagt Aisha auf einmal. Sie zeigt auf einen prächtigen Fisch. Den will sie malen.

«Es ist ein *mythischer* Fisch», liest Boaz vor. Er weiß selbst auch nicht so recht, was das bedeutet.

Ihre Lehrerin erklärt es:

«*Mythologie*, das sind alle Geschichten eines Volkes über die Entstehung der Welt und über ihre Götter.»

Ach ja.

Es gibt auch eine griechische Mythologie. Mit schönen Geschichten von den Göttern, an die die Griechen früher glaubten.

Und die Sioux-Indianer haben auch eine Mythologie. Mit wieder ganz anderen Geschichten.

Die Fische, die Aisha malen will, sind in der Mythologie der Maya sehr wichtig. Das liest Boaz etwas weiter hinten im Buch, in einer komplizierten Geschichte von zwei Zwillingsbrüdern, die sich zuletzt in Fische verwandeln.

Das heißt, eigentlich haben sie sich nur zur Hälfte in Fische verwandelt. Die andere Hälfte blieb Mensch. Aber meistens wurden sie wie normale Fische gemalt. Mit so einem Stängel unter dem Kinn, einem Fühler.

Diese Fischmenschen besiegten die Götter der *Unterwelt*.

Wie bitte?

Unterwelt?

Ja. So steht es wirklich da.

Unterwelt.

«Das ist der Ort, an den die toten Maya kamen», sagt die Lehrerin. Die alten Griechen glaubten auch an eine Unterwelt.

Die Lehrerin nicht.
Aber sie glaubt auch nicht an Fischmenschen.
«Es sind Geschichten», sagt sie. «Es ist nicht die Wahrheit.»
Hmm ...
Das findet Boaz etwas merkwürdig.
Es hat Hunderttausende von Maya gegeben, die wohl daran glaubten ...
Es kann doch nicht sein, dass Hunderttausende von Menschen an etwas glauben, das erfunden ist?

Aisha hat mittlerweile angefangen zu malen.
Boaz liest noch etwas weiter.
Die Fischmenschen der Maya hießen Hunahpú und Ixbalanqué.
Er muss es mindestens dreimal nacheinander lesen.
Hu-nah-pú und *Ixba-lan-qué*.
Das soll mal einer aussprechen.
Als Hunahpú und Ixbalanqué die Götter der Unterwelt besiegt hatten, stiegen sie zum Himmel auf.
Dort wurden sie die Sonne und der Mond.
Also ...
Was soll man dazu sagen ...

> Die Unterwelt ist der Ort, wohin die Toten kamen, so die alten Maya. Es bedeutet nicht dasselbe wie die Hölle. Alle Toten kamen den Maya zufolge in die Unterwelt. Ob sie nun gute oder schlechte Dinge in ihrem Leben getan hatten, machte da keinen Unterschied.

22

Aishas Fische werden großartig.
Sie verwendet verschiedene Farben. Braun, Schwarz, Rot und Orange.
Nachher malt sie auch noch die Buchstaben für den Titel, die Boaz für sie auf ein Schmierpapier geschrieben hat.

Das mit den Fischmenschen schwirrt Boaz noch durch den Kopf.
Was für eine verrückte Geschichte.
Wie soll man so etwas aufschreiben?
Er beschließt, erst einmal mit der *Einleitung* für die Arbeit anzufangen.
Das gehört sich so.
Bei einer echten Arbeit fängt man immer mit einer Einleitung an.
Darin erzählt man, wovon das Ganze handelt und warum.

EINLEITUNG

**Viele Länder und viele Völker mögen den Krieg.
Es hat schon sehr viele Kriege gegeben.
Den Ersten Weltkrieg. Den Zweiten Weltkrieg. Den Golfkrieg. Den Krieg gegen die Indianer. Den mexikanischen Drogenkrieg. Den Krieg in Jugoslawien. Im Sudan. Im Jemen. Den Jom-Kippur-Krieg. Die Schlachten. Die Kreuzzüge. Den Kampf gegen die Kalorien. Und so weiter, und so weiter.
Die Maya von früher mochten den Krieg auch sehr.
Aber Aisha und ich mögen ihn überhaupt nicht.
Darum heißt unsere Arbeit *Die netten Seiten der Maya*.
Viel Spaß damit.**

Boaz ist gerade mit seiner Einleitung fertig, als die Lehrerin sagt, die Kinder sollten ihre Jacken und ihre Sporttaschen nehmen und sich in einer Reihe aufstellen.

Als Aisha in der Reihe seine Hand nimmt, muss Boaz auf einmal weinen.
Er kann nichts dafür. Es kommt ganz von selbst.
Obwohl er es gar nicht will.
Und es geht den ganzen Weg bis zur Turnhalle so weiter.
Er kann nicht damit aufhören.
Aisha kneift ab und zu in seine Hand.
Sie sagen kein Wort.
Bis zu dem Augenblick, als sie
bei der Turnhalle angekommen sind.
«Boaz Angst?», fragt Aisha.
Boaz zieht die Schultern hoch und lässt sie wieder fallen.
Er weiß es nicht genau.

23

Auch in der Turnstunde gelingt es Boaz nicht, mit dem Weinen aufzuhören.
Die Lehrerin fragt ihn, ob sie seine Eltern anrufen soll.
«Papa und Mama sind arbeiten», sagt Boaz schluchzend. «Ich muss gleich in den Hort ...»
Oder ob sie sonst Oma anrufen soll, fragt die Lehrerin.
Das ist vielleicht eine gute Idee.

Zehn Minuten später kommt Oma in die Turnhalle.
Boaz sitzt schon angezogen auf der Bank und wartet. Traurig starrt er auf seine Klassenkameraden, die Völkerball spielen. Das Weinen hat aufgehört.
«Was ist denn, lieber Schatz?», fragt Oma besorgt.
«Ich weiß es nicht ...»
Seine Lehrerin kommt kurz zu ihnen.
«Er ist untröstlich», sagt sie zu Oma. «Vielleicht ist er etwas übermüdet.»
«Komm, dann gehen wir nach Hause.» Oma grüßt die Lehrerin und fasst Boaz an der Hand.
Als sie zusammen zum Ausgang gehen, kommt Aisha plötzlich

angerannt. Direkt vor Boaz bleibt sie stehen, legt ihre Arme um ihn und drückt ihn fest an sich.

«War das Aisha?», fragt Oma, als sie draußen sind.
Boaz nickt.
«Seid ihr Freunde geworden?»
«Ich denke schon», sagt Boaz mit einem tiefen Seufzer.
«Wie kannst du nur traurig sein, wenn du so eine liebe Freundin hast?!», scherzt Oma.
Dumme Oma.
Sie meint es nicht böse.
Aber genau darum geht es ja!
Boaz' Lippe fängt wieder an zu zittern.
Oma redet einfach weiter. «Was für ein liebes Herz!»
Boaz schweigt.
Er wünschte, Oma würde das auch tun.
«Und was für einen wunderschönen Namen sie hat ...»

Ein berühmter Schriftsteller* hat einmal gesagt: *Erwachsene, aus denen sollte man lieber Suppe kochen.*
Dieser Schriftsteller hatte recht.
«Oma, ich fürchte, dass ich demnächst Suppe aus dir kochen muss», sagt Boaz mit einem Bibbern in seiner Stimme.
Oma versteht, was er meint. Sie hat Boaz selbst von diesem berühmten Schriftsteller erzählt. Und sie liest ihm manchmal aus dessen Büchern vor.
«Was ist denn, Schatz?», fragt Oma.
«Wenn wir über Aisha reden, dann muss ich weinen!», sagt Boaz.
Und gleich lässt er den Worten Taten folgen.
«Na und?», sagt Oma.

---

* Dieser Schriftsteller heißt Guus Kuijer.

Na und???
Ist Oma vielleicht verrückt geworden???
«Das ist doch sehr unangenehm!»
«Für mich ist es das nicht», sagt Oma. «Wenn du weinen musst, musst du eben weinen. Das tue ich selbst auch. Ich weine manchmal einen ganzen Tag lang. So geht das eben manchmal.»
Boaz glaubt ihr nicht.
Oma weint nie.
«Und weswegen weinst du dann?», fragt er ein bisschen böse. Seine Tränen haben von allein aufgehört zu fließen.
«Einfach so. Weil ich Opa vermisse. Oder weil ich meine Schuhe nicht anbekomme.»
Boaz mag es immer noch nicht glauben.
«Omas weinen nicht», sagt er.
«Wie kommst du denn darauf?»
«Na ja …»
«Du bekommst es nie zu sehen, denn ich weine am liebsten, wenn ich allein bin», sagt Oma. «Oder am Telefon mit meiner Schwester, wenn es nicht anders geht. Aber wir sprachen gerade von dir …»
Oma scheint fest entschlossen, noch munter über Aisha weiterzureden. «Warum bist du so traurig?»
Und schwupp, da kullern sie wieder, die Tränen. Heute ist er wirklich *nah am Wasser gebaut.**
Oma streicht ihm über den Rücken.
«Ach, ach, mein Lieber …»

Es geht um Aisha.
Das ist Oma inzwischen klar.
«Aber was ist denn mit Aisha?», fragt sie, als sie mit einer Schale frisch gebackener Ingwerkekse auf dem Sofa sitzen.

* Altmodischer Ausdruck für *Leute, die schnell weinen*. Oma benutzt ihn oft.

Und dann erzählt Boaz alles.
Von der Maya-Arbeit.
Und von den Herbstferien, die in zwei Wochen anfangen.
Von der Klasse von Lehrer Ronnie.
Und von dem, was er Papa und Mama versprochen hat.

«Ich glaube nicht, dass ich etwas für dich tun kann, Bo», sagt Oma, als Boaz mit Erzählen fertig ist. «Wenn sich dein Vater einmal etwas in den Kopf gesetzt hat ...»
Boaz nickt.
Oma meint: Es gibt keinen Ausweg. Nach den Herbstferien musst du in die Klasse von Lehrer Ronnie.
«Aber vielleicht kannst du versuchen, weiter mit Aisha befreundet zu bleiben?»
Ja.
Darüber hat Boaz auch schon nachgedacht.
Vielleicht kann er versuchen, weiter mit Aisha befreundet zu bleiben, wenn er nach den Herbstferien bei Lehrer Ronnie ist.
Aber wie?
Es ist sehr schwer, wenn man die Sprache des anderen nicht spricht.
Und hinzu kommt: Es war gerade so schön, endlich mal mit jemandem in der Klasse befreundet zu sein! Mit einer, die neben dir sitzen will und mit dir zusammen Witze macht. Mit der zusammen du während der Mittagspause im Fahrradschuppen warten kannst, bis ihr wieder hineindürft. Einer, die genau wie du den ganzen Lärm und die ganzen Fußbälle, die einem um die Ohren fliegen, nicht ausstehen kann.
Die zeichnen sehr gern mag. Und Indianer.
Und die selbst eine echte Indianerin ist!

«Als Erstes könnten wir sie fragen, ob sie einmal zu dir zum Spielen kommen mag», schlägt Oma vor.

Hmm ...

Das ginge vielleicht.

Aber andererseits:

WIE DENN?

«Vielleicht spricht ihre Mutter Englisch», sagt Oma. «Dann könnte ich für dich fragen ...»

«Ja!», ruft Boaz plötzlich begeistert.

Die Wahrscheinlichkeit ist natürlich sehr groß! Indianer aus Nordamerika sprechen neben ihrer eigenen Sprache meistens auch Englisch.

«Würdest du das tun, Oma?»

24

Mitten in der Nacht wird Boaz von lauten Stimmen geweckt. Ob Papa und Mama sich wieder mal streiten? Das passiert in letzter Zeit immer öfter.
Boaz schlüpft aus seinem Bett und öffnet leise seine Zimmertür.
Nein, es ist nicht Mama, mit der sich Papa streitet.
Sondern Oma.
Boaz setzt sich oben auf die Treppe und horcht, worum sich der Streit dreht.
«Er schläft da doch nur den ganzen Tag!» Das ist Papa, der das sagt. Na ja, eigentlich schreit er es. «Oder er gibt den Zimmerpflanzen Wasser. Die Lehrerin hat noch nicht einmal Zeit, ihm bei seinen Zusatzaufgaben zu helfen!»
«Warum hilfst du ihm denn nicht selbst dabei?», fragt Oma. «Dann würdest du auch einmal was mit deinem Sohn unternehmen.»
Das macht Papa erst so richtig wütend.
Er sagt, Oma solle sich nicht in alles einmischen.
«Ich habe selbst auch eine Klasse übersprungen! Ich weiß verdammt noch mal genau, wovon ich rede!», schreit er.

Oma sagt etwas, das Boaz nicht verstehen kann. Etwas von Schmerzen in Papas Bauch. Und vom Alleinsein.
«Ach, übertreib doch nicht immer so!» Das war Papa wieder.
«Du hast mehr als drei Jahre gebraucht, um einen Freund zu finden!», ruft Oma jetzt.
«Und schau dir bitte an, was aus mir geworden ist!», schreit Papa.
«Ich bin jetzt ein e r f o l g r e i c h e r Geschäftsmann!»
«Ja-ja-ja ...»
«Ein bisschen Widerstand, davon wird er hart!»
Dann ist es still.
Ziemlich lange.
Es bleibt echt ganz lange still.
Endlich öffnet sich die Wohnzimmertür.
Oma kommt in den Flur. Sie hat ihren Mantel an.
«Er ist ein Kind, Ruben», sagt sie ruhig. «Ich hoffe, du gönnst es ihm, das noch eine Weile zu bleiben.»
Sie öffnet die Haustür.
Und dann sagt sie noch etwas zu Papa.
Der ihr eigener Sohn ist.
Es klingt nicht so nett.
Aber sie sagt es doch.
«Und ich hoffe, es dauert noch sehr lange, bevor er einmal so wird wie du.»

25

Heute sitzt Aisha bei den Neuzugängen.
Aber das ist nicht schlimm.
Denn morgen wird Oma Aishas Mutter fragen, ob Aisha einmal zum Spielen kommen darf! Boaz kann es kaum erwarten.
Er versucht, an dem Kapitel über die Religion der Maya zu arbeiten.

KAPITEL EINS

Viele Menschen haben eine Religion.
Satinders Eltern sind Sikhs. Sie kommen aus Pakistan und dürfen sich nie die Haare schneiden lassen. Sie glauben an nur einen Gott und an zehn Lehrmeister.
Muhammedsaki ist ein türkischer Niederländer und seine Eltern sind Muslime. Er glaubt an Allah.
Hajar ist auch eine türkische Niederländerin, aber sie glaubt an Gott.
Oma ist jüdisch, aber sie glaubt nicht an Religion.
Und Papa mag es nicht so, wenn man glaubt. Er mag es lieber, wenn man etwas *sicher weiß*.

Der Gott der Juden und der Griechisch-Orthodoxen heißt einfach Gott.
Der der Muslime heißt Allah.
Der der Sikhs heißt Waheguru.

Die Maya glaubten an sehr viele Götter.
Und an die Schlange.
Und an den Jaguar.
Und an den Adler.

Aisha ist eine Sioux, und die Sioux glauben auch an den Adler.
Ich glaube an das Pony.

«Klasse!», sagt die Lehrerin, als Boaz sie lesen lässt, was er geschrieben hat. «Aber ich würde gern noch etwas mehr über die Religion der Maya wissen wollen.»
«Dann hätte ich ein schönes Buch für Sie», sagt Boaz. Aber das ist bloß ein Scherz.
Er liest noch etwas weiter in dem Maya-Buch.
So lange, bis es zur Pause klingelt.

Es ist Dienstag.
Boaz und Aisha haben erst im Werkunterricht gemalt.
Ihre Lehrerin hat eine wunderschöne Geschichte von einem Jungen vorgelesen, der sich zum Geburtstag einen kleinen Bruder wünscht, mit dem er Fußball spielen kann, stattdessen aber nur einen bissigen Zwerghamster bekommt. Der nicht Fußball spielen kann.
Aisha und Boaz hatten sofort zu malen angefangen, während ihre Lehrerin die Geschichte eine gute halbe Stunde unterbrechen musste, um mit allen Kindern zu reden, die selbst auch einen Hamster haben. Oder mal einen gesehen haben. Egal, ob bissig oder nicht.
Als die Geschichte aus war und das Basteln anfangen konnte, hatten Boaz und Aisha ihre Hamsterbilder schon fertig.
Dadurch konnten sie mit der Maya-Arbeit weitermachen.
Aisha malte die *Mysterientiere* der Maya: den Jaguar, die Schlange und den Adler.
Und Boaz schrieb weiter an seinem Kapitel über Religion.
Es war sehr gemütlich.
Und jetzt stehen sie auf dem Schulhof. Mit Oma und Aishas Mutter.

Oma hat sich als die *grandmother of Boaz* vorgestellt, und Aishas Mutter hat erklärt, die *mother of Aisha* zu sein und Yasmine zu heißen.

Sie hat genauso dunkle Augen wie Aisha und wahrscheinlich genauso schwarzes Haar, aber das kann Boaz nicht richtig sehen, denn sie hat einen Schal um den Kopf.

Boaz wird ein bisschen nervös, weil er Omas Englisch nicht verstehen kann.

Aishas Mutter offenbar auch nicht, denn sie und Oma müssen immer wieder lachen und reden hauptsächlich mit den Händen.

Boaz zieht Aisha mit zu den Klettergerüsten.

Aisha kann lauter schwierige Kunststücke am Klettergerüst. Sie kann ein Nest und sie kann auch etwas, das die Turnmädchen aus der Klasse *Felgaufschwung* nennen.

> Die *Mysterientiere* sind Tiere, die für die Maya sehr wichtig waren. Sie kommen oft in den Geschichten und in der Kunst der Maya vor. Aber es ist nicht so einfach zu erklären, was die Tiere bedeuteten. Der Jaguar ist ein Symbol für das *Denken* und den *freien Willen*. Die *Schlange* steht für das *geheime Innere des Menschen*, aber auch für die *Zeit*. Der *Adler* versinnbildlicht das *Göttliche*.

Es sieht gar nicht so schwierig aus, aber es nachzumachen ist für Boaz ein schweres Stück Arbeit. Aisha zeigt ihm, dass er sich nah vor das Gerüst stellen muss, mit der Brust an der Stange, und dann sein eines Bein hochschleudern und sich gleichzeitig mit dem anderen abstoßen.

Vorläufig klappt das noch nicht.

Für den *Felgaufschwung* braucht es ordentlich viel Kraft.

Oder Geschick.

Oder ein Mädchen.
Boaz und Aisha bekommen einen Lachanfall, weil Boaz immer wieder herunterrutscht.
Danach macht Aisha Handstände an der Wand.
Das möchte Boaz auch lernen.
Aber seine Arme sind noch ganz zittrig vom Klettergerüst.

Freitagnachmittag kann Aisha zum Spielen kommen, erzählt Oma. Dann kommt sie erst zusammen mit ihrer Mutter auf eine Tasse Tee vorbei, und danach können sie vielleicht etwas Schönes zusammen machen.
Schade, dass es nicht gleich heute Nachmittag geht.
Aber jetzt hat Boaz etwas, worauf er sich freuen kann. Freitag, das ist nur noch dreimal schlafen!
Fröhlich summend geht er mit Oma nach Hause.
Unterwegs denken sie sich Sachen aus, die sie am Freitagnachmittag mit Aisha unternehmen können.
Vielleicht ins Schwimmbad gehen? Wenn ihre Mutter das erlaubt? Oder auf den Spielplatz?

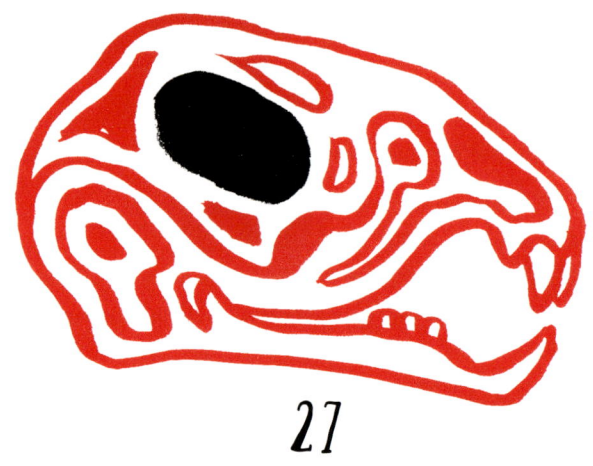

27

Bei Oma zu Hause angekommen, will Oma am liebsten aufs Sofa und ein Buch lesen.

Hmm ...

Das ist ein kleiner Nachteil an Omas: Sie haben nicht immer Lust auf Fußball im Freien oder Judo im Garten. Nach ihrem ehrenamtlichen Job bei der Obdachlosenhilfe sitzen sie am liebsten auf dem Sofa und lesen.

«Oma, wollen wir mit dem Kanu zur Fortinsel rudern?»

«Also, Bo, weißt du ... Lass uns das lieber so lange verschieben, bis ich mein elektrisches Kanu habe.»

Hmm ...

Boaz ist ein bisschen hibbelig. Er weiß nicht recht, was er machen soll.

«Ja, Oma, soll ich mich jetzt die ganze Zeit langweilen oder was? Magst du sonst vielleicht etwas aus dem Buch vorlesen?»

«Ich denke nicht, dass deine Eltern das zu schätzen wüssten, Bo. Das hier ist ein ziemlich blutiger Thriller. Warum räumst du nicht dein Museum auf?»

Jaaa!

Das ist eine gute Idee!

Das Museum!

Natürlich!
Wenn Aisha kommt, muss sie natürlich das Museum sehen!

Oma hat ein schönes Haus. Klein und gemütlich. Und um das ganze Haus herum einen großen Garten. Und in dem steht ein sehr schöner Schuppen.
Dieser Schuppen ist eine Art Museum. Mit lauter Schätzen aus der Natur. Es erinnert ein bisschen an das Strandräubermuseum auf Texel. Nur dass es zehnmal so klein ist.
Auf der Insel Texel ist die Idee auch entstanden. Boaz war vor ein paar Jahren einmal mit Mamas Verwandtschaft dort. Ein ganzes Wochenende lang. Mamas sämtliche Geschwister mit ihren Familien waren da, und jede hatte ein eigenes Häuschen. Sie sind alle zusammen ins Ecomare gegangen und ins Strandräubermuseum und in kleinen Flugzeugen über die Insel geflogen.
Wieder zu Hause, wollte Boaz ein eigenes Strandräubermuseum anfangen. Oder eine Seehundstation. In Omas Schuppen, denn der stand ja doch leer.
Oma entschied sich für das Museum.

In dem Museum sind lauter Schätze zu sehen, die Boaz und Oma am Strand und in den Dünen gefunden haben: Muscheln, Schulpe*, große und kleine Seesterne, ein nass gewordenes und wieder getrocknetes Buch, eine Flaschenpost**, von Boaz selbst geschrieben (*ich wünsche mir, dass ich ein Pferd bekomme*), eine Flasche ohne Brief, eine Frisbee-Scheibe, ein Eimerchen, zwei kaputte Sonnenbrillen, drei Mützen, ein Turnschuh und ein echte Rettungsboje!
Das alles kommt vom Strand.

* Ein Schulp ist der «Rückenknochen» von einem abgestorbenen Tintenfisch.
** Ein Brief in einer verschlossenen Flasche, die ins Meer geworfen und hoffentlich irgendwo von jemandem gefunden wird.

In dem Museum sind auch Schätze aus den Dünen: Kaninchenköttel in einem Glas, Rehköttel in einem Glas, getrocknete Pilze, Eicheln, Bucheckern, Kastanien, Tannenzapfen und die Spitzenstücke: zwei echte Kaninchenschädel!

Und dann gibt es noch die Schirmlampe in Form eines Delfins. Das ist auch ein sehr kostbarer Schatz, obwohl er nicht vom Strand oder aus den Dünen kommt.
Die Delfinlampe hat immer im Schlafzimmer gestanden, als Boaz noch klein war und Angst vor der Dunkelheit hatte. Mittlerweile braucht Boaz die Lampe nicht mehr, um einschlafen zu können. Aber er hängt so sehr an ihr, dass er sie nicht wegtun wollte. Darum steht sie jetzt in dem Museum. Und da passt sie sehr gut zu den ganzen Funden aus dem Meer!

Aber der schönste Teil des Museums ist der Indianerteil.
Auf unterschiedlich hohen Baumstrünken liegen selbst gemachte Muschelarmbänder und Indianerketten aus. An der Wand hängen Traumfänger und ein großes Poster von Omas Indianerfilm.
Am stolzesten ist Boaz auf seine Sammlung von Raubvogelfedern. Er bewahrt sie unter Glas auf, in einem sogenannten Schaukasten. Manche Federn hat er selbst gefunden, etwa die kleinen vom Waldkauz, aber die schönsten Exemplare hat er von Mama und von Oma bekommen. Nicht, dass sie so viel besser suchen könnten als Boaz; Mama und Oma kaufen die Federn im Internet. Es sind besondere Federn. Von einem Bussard, einem Habicht, einem Sperber und einer Rohrweihe.
In dem Schaukasten liegen auch Federn von einem Fasan. Die gehören eigentlich nicht dazu, denn der Fasan ist kein Raubvogel. Aber das Fasanenmännchen hat prächtige bunte Federn, die man einfach beim Geflügelhändler besorgen kann. Also sehr gut

geeignet, deinen Schaukasten ein wenig aufzuhübschen.
Boaz hätte auch sehr gern eine echte Adlerfeder.
Aber die gibt es nicht zu kaufen.

Ein Museum staubt immer sehr schnell ein.
Das ist eigentlich der einzige Nachteil an einem Museum.
Trotzdem macht es Spaß, es für deine Freundin wieder richtig in Ordnung zu bringen.

Der Adler (genauer: der Weißkopfseeadler, den Boaz meint) ist eine geschützte Tierart in Amerika. Selbst wenn man ihn tot am Rand der Autobahn finden würde, dürfte man nicht einfach so seine Federn mitnehmen. Die Federn (und die toten Vögel) muss man zu einer Organisation schicken, die alle toten Weißkopfseeadler für die Medizinmänner aufbewahrt. Die brauchen die Vögel für ihre Rituale.

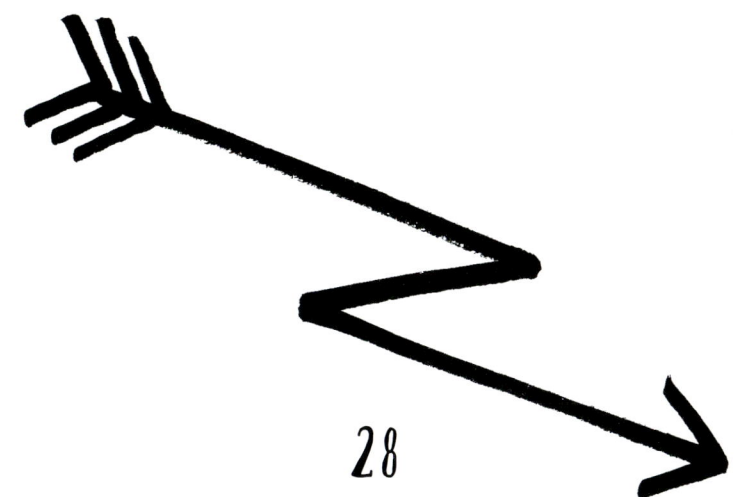

28

Boaz kann nicht schlafen.
Morgen kommt Aisha. Zusammen mit ihrer Mutter.
Erst Tee trinken und anschließend etwas Schönes.
Als er heute Nachmittag aus der Schule kam, hat er noch kurz mit Oma telefoniert. Ob sie es nicht vergessen hatte.
Nein, hatte sie nicht.
Und kurz vor dem Zubettgehen noch einmal. Telefoniert. Sicherheitshalber.
«Oma, weißt du es noch?»
«Aber ja, mein Schatz. Weswegen wollten sie noch mal vorbeikommen?»
Aber das war einer von Omas dummen Scherzen.
«Tee trinken und irgendwas Schönes! Herrje, Oma, wirst du langsam vergesslich oder was?!», ereiferte sich Boaz.
Oma entschuldigte sich und sagte, es wäre nur ein Scherz gewesen.
«Ich backe gerade einen Schokoladenkuchen.»

Aber jetzt liegt Boaz doch ein wenig da und grübelt.
Er kann nur hoffen, dass Aishas Mutter Schokoladenkuchen mag.
Und dass sie Teetrinken nicht ganz furchtbar findet.

Unten gibt es wieder Streit.
Aber diesmal nicht zwischen Papa und Oma.
Diesmal gibt es Streit zwischen Papa und Mama.
Boaz schleicht vorsichtig die Treppe hinunter, um zu hören, worum es geht.
Es wirkt vielleicht etwas unhöflich, immer alle Streitereien zu belauschen, aber Boaz tut das nicht aus Unhöflichkeit, sondern weil er ein bisschen auf seine Eltern aufpassen muss.
Wenn sie sich in Boaz' Anwesenheit streiten, dann schaltet er sich oft ein und beruhigt die beiden. Das kann er sehr gut. Zum Beispiel, wenn Mama böse ist, weil Papa arbeiten muss und nicht mit zu dem Geburtstag ihrer Freundin kann, dann sagt Boaz: «Ach, Mama, warum gehst du nicht mit mir zusammen hin? Papa hat nun mal viel zu tun mit seiner Arbeit in dem ‹Geschäft›!»
Und dann ist es wieder gut.

Aber jetzt dreht sich der Streit nicht um Papas Arbeit.
«Ich ärgere mich zu Tode über diese Indianer-Besessenheit!», schreit Papa.
«Er ist ein Kind, Ruben!» Mama redet auch sehr laut. «Ein unheimlich nettes und liebes Kind mit viel Fantasie.»
«Er hat zu viel Zeit zum Fantasieren, das ist es! Sein Hirn hat einfach nicht genug zu tun. Darum WILL ICH, dass er die Klasse überspringt!»
«Aber dieses Mädchen ist sehr wichtig für ihn», protestiert Mama. «Seit er neben ihr sitzt, geht er ENDLICH einmal gern zur Schule …»
Sie meint Aisha. Das ist klar.
«Ach was, *sehr wichtig*, hör doch auf …», sagt Papa böse. «In diesem Alter finden sie im Handumdrehen neue Freunde.»
«Ruben …» Mama schlägt diesen Ton an, der Papa immer fuchsteufelswild werden lässt. Als ob er etwas ganz Dummes gesagt hätte.

«Was?!!!»
«Er hat überhaupt keine Freunde», sagt Mama. Mit besonderem Nachdruck auf *keine*.
«Ach nein? Und was ist mit den Jungen vom Bolzplatz? Diesem Ricardo und den anderen kleinen Fußballern?»
Es bleibt eine Weile still.
Mama hat etwas unverstehbar Leises gesagt.
«Wie bitte???», ruft Papa. «Heißt das, er lügt auch noch???»
«Das tut er doch mir zuliebe!», sagt Mama. Mit noch etwas hinterher über eigene Geschwister. Boaz kann nicht genau hören, was.
Es bleibt eine Weile still.
«Und Cisco?!», schreit Papa. Er ist immer noch sehr böse.
«Cisco ist ein Pferd!», schreit Mama zurück.
Und dann fällt etwas um. Ein Stuhl oder so.

Uff.
Bei diesem Streit gibt es nicht so viel zu beruhigen.
Boaz schleicht sich leise in sein Zimmer zurück.

29

Also, diese alten Maya haben alles aber auch sehr kompliziert gemacht!
Man wird wirklich nicht schlau aus den Geschichten über ihre Götter.
Boaz bereut seine Idee mit der Religion schon ein bisschen. Seine Lehrerin wollte, dass er noch etwas mehr darüber erzählt. Aber wie? Wie kann man von etwas erzählen, das man selbst nicht kapiert?
So wird diese Arbeit nie fertig.
Nach heute hat er nur noch eine Woche, und dann sind schon Herbstferien.
Herbstferien ...
Er mag überhaupt nicht daran denken.

Aisha dreht sich zu ihm und lächelt.
Was für schöne Augen sie doch hat. Obwohl sie heute etwas traurig damit dreinschaut. Vielleicht ist sie müde. Sie hat schon ein paarmal gegähnt.
«Schwierig?», fragt sie. Sie spricht es aus wie *schwerick*.
Boaz nickt.

Ziemlich schwierig, die Maya.
Aisha malt ihren Adler weiter aus.
Es wird so schön, was sie malt!
Dadurch bekommt Boaz auf einmal Lust, sich noch mehr Mühe zu geben.
Er vertieft sich wieder in sein Buch.
Ab und zu schreibt er etwas auf.

KAPITEL ZWEI

Die Maya hatten einen Maisgott mit einem ganz schwierigen Namen.
Der hatte irgendwas falsch gemacht.
Er hatte zu viel Krach gemacht bei dem Ballspiel, das die Maya immer spielten.
Deswegen wurde der Gott der Unterwelt böse. Vielleicht hatte er empfindliche Ohren. Dass er keinen Krach ertrug. Oder er hatte ganz schlimme Kopfschmerzen, wie Mama manchmal. Das steht nicht in dem Buch; das heißt, das weiß ich nicht.
Aber der Gott der Unterwelt wurde so böse, dass er den Maisgott enthauptete!

Der Maisgott hatte zwei Söhne. Es waren Zwillinge mit ganz schwierigen Namen. Hunahpú und Ixbalanqué.
Diese Söhne nahmen Rache.
Sie verwandelten sich in Fischmenschen.
Dann besiegten sie den Gott der Unterwelt.
Und danach wurden sie die Sonne und der Mond.
????
Wie kann das sein???
Das steht nicht in dem Buch.
Aber Götter können alles.

Nachdem er den letzten Satz geschrieben hat, starrt Boaz eine Zeitlang vor sich hin.

Es ist nur gut, dass Aisha diese blutige Geschichte nicht lesen kann.

Und dass sie keine Maya-Indianerin ist.

Angenommen, ihr würde der Kopf abgehackt, weil sie beim Völkerball ein bisschen zu laut war!

Als es endlich viertel nach drei ist und alle nach Hause dürfen, regnet es Bindfäden.
Aber das macht nichts. Denn Aisha kommt zum Spielen!!!
Und ja, auch zum Tee mit ihrer Mutter. Aber den Teil kann Oma ja vielleicht übernehmen.
Hand in Hand rennen Boaz und Aisha vor Oma und Yasmine her zu Omas Haus.

Yasmine hat selbst gebackene Apfeltaschen mit Banane mitgebracht. Sie schmecken unheimlich gut. Boaz und Aisha essen beide drei Stück, und danach sind sie so satt, dass sie Omas Schokoladenkuchen gar nicht mehr probieren können.
Yasmine aber schon.
Oma zeigt, dass sie das Rezept aus dem Internet hat.
«Halalfuht», sagt Oma. Das ist Englisch.
Die Mutter von Muhammedsaki macht auch immer halal fuht.*
Das bedeutet, dass jeder es essen darf. Und dass es sehr gut schmeckt.

---

* Oma meint *halal food*, aber ihr Englisch ist leider nicht akzentfrei. Essen also, das *halal* ist, das heißt, den muslimischen Speisevorschriften entspricht.

Sobald sie ihre Limonade getrunken haben, nimmt Boaz Aisha mit in seinen Museumsschuppen. Der Regen hat mittlerweile aufgehört, und das ist auch gut so, denn Boaz möchte, dass Aisha einen Moment draußen wartet.

Ihm ist nämlich im allerletzten Moment eingefallen, dass Aisha keine Knochen und Gerippe mag, also muss er noch schnell die Kaninchenschädel verstecken.

Danach knipst er seine Delfinlampe an und der Museumsbesuch kann beginnen.

«Ja! Du kannst reinkommen!!!»

31

Aisha gefällt die Indianerecke auch am besten. Und die Delfinlampe natürlich. Sie streichelt ihr sanft über den Rücken. Als wäre sie ein echter, lebendiger Delfin.
Als sie die DVD von *Der mit dem Wolf tanzt* entdeckt, dem Indianerfilm von Oma, zeigt sie sofort darauf und nickt begeistert.
«Was, du kennst den Film, Aisha? Ist es das, was du meinst?»
«Ja!»
«Oder meinst du, dass deine Vorfahren auch Indianer sind?»
«Ja! *Indians*!»

Aisha betrachtet den Schaukasten mit den Raubvogelfedern und fragt mit Augen und Händen, was die daneben liegenden Kärtchen bedeuten.
Boaz versucht, ihr so gut es geht zu erklären, was auf den Karten steht.
«Diese Feder habe ich von Mama bekommen für *bewiesenen Mut beim Unterwasserschwimmen*.» Er kneift die Nase und beide Augen zu und tut, als würde er ins Wasser springen. Dabei macht er ein ganz ängstliches Gesicht. Als Nächstes macht er mit beiden Armen Schwimmbewegungen. Anschließend tut er, als würde er

wieder auftauchen und nach Luft schnappen. Dann lacht er und hält beide Daumen in die Höhe.

Aisha grinst. Sie versteht es.

«Schwimmen», sagt sie.

Boaz nickt.

«Und diese Feder habe ich von Oma bekommen, als ich zum ersten Mal über Mittag in der Schule bleiben musste.»

Über Mittag in der Schule bleiben, das kennt Aisha.

«Schulhof», sagt sie.

«Ja, genau. Fußball und viel Krach», bestätigt Boaz.

Die Wörter kennt Aisha auch.

Es gibt auch eine Feder für *Tapferkeit beim Frisör* und eine für *Heldenmut beim Zahnarzt*. Das ist alles ganz einfach darzustellen. Und die Feder, die Boaz von Oma für *Nicht mehr schreien, wenn man sein eigenes Blut sieht* geschenkt bekam. Das ist schwieriger zu erklären.

Als Boaz Rad fahren lernte und sich dabei seine ersten Schürfwunden holte, geriet er beim Anblick des Bluts, das aus seinem Knie tropfte, wirklich in Panik. Und ja, zu Panik gehört schreien, das ist nun mal so.

Er macht vor, wie er auf ein vorgestelltes Fahrrad steigt, herunterfällt und dabei leise schreit.

Leise schreien, das geht eigentlich nicht, aber schon, wenn man es *mimt*.* Man sperrt Augen und Mund möglichst weit auf, und dann lässt man ein ganz bisschen Stimme heraus.

Aisha mag nämlich auch kein Geschrei. Und keine Panik. Das ist Boaz schon öfter auf dem Schulhof aufgefallen. Sobald Kinder in ihrer Nähe losschreien, hält sie sich sofort die Ohren zu und wird ganz nervös. Darum sitzt sie beim Spielen draußen immer am liebsten mit Boaz im Fahrradunterstand. Da ist es schön ruhig.

---

* Etwas mimen bedeutet: etwas ohne Worte schauspielerisch darstellen.

Aisha ist auch gut im Darstellen. Sie mimt, wie sie immer schreien muss, wenn sie eine Spinne sieht.
Auch Aisha schreit ganz leise.
Danach tut Boaz, als wäre er ein Gespenst, das Aisha ganz langsam verfolgt. Mit seinem T-Shirt über dem Kopf. Aisha tut, als ob sie Angst hätte und in Zeitlupe die Flucht ergreift. Es ist wie ein Film ohne Ton. Wie ein wohliger Gruselfilm.

Dann entdeckt Aisha in einer Ecke das Indianerzelt. Das Tipi.
Oma sagt immer aus Versehen *Wigwam*, weil sie das bei ihr zu Hause früher immer gesagt haben, aber das ist nicht richtig. Ein Wigwam (ein echter) hat eine runde Form und ist eine Art Hütte. Das Zelt von Boaz hat vier Stöcke, die oben zu einer Spitze zusammenkommen. Es hat die Form eines Kegels.
Boaz und Aisha bauen es im Garten auf. Und spielen danach Indianer.
Und es ist ein echter Glücksnachmittag, denn Aisha darf auch noch zum Essen bleiben.
Im Tipi.
Kleine Pfannkuchen.
Von der *halalfuht*-Webseite.

Aisha wohnt in einem Reihenhaus nicht weit von Oma entfernt. Das Haus ist irgendwie merkwürdig. Mit viel Holz außen.
Nach dem Pfannkuchen-Essen im Zelt haben Oma und Boaz sie nach Hause gebracht.

Auf dem Rückweg ist Boaz ziemlich still.
Nach einer Weile fragt er:
«Warum hat Aishas Haus keine Fenster?»
«Ach ...» Oma zögert. «Weißt du das nicht?»
Boaz schüttelt den Kopf.
«Es hatte mal Fenster», sagt Oma. «Aber die sind kaputt.»
«Ach.»
Boaz denkt nach.
«Haben ihre Eltern sich vielleicht gestritten?», fragt er dann.
«Wieso?»
«Dass jemand einen Stuhl umgeworfen hat und der Stuhl dann vielleicht gegen das Fenster gestoßen ist.»
«Nein, das glaube ich nicht ...»

Oma seufzt.
Sehr tief.
Zwei Mal.
Sie wird etwas sagen, aber das dauert noch etwas.
«Ich wünschte, es wäre anders, Bo», sagt sie dann. «Aber die Scheiben in Aishas Haus wurden vor zwei Tagen von Leuten aus dem Dorf eingeworfen.»
Vor Schreck bleibt Boaz stehen.
«Aus Versehen?», fragt er.
Oma seufzt wieder.
«Leider nein», sagt sie. «Es war nicht aus Versehen.»
«Du lügst, Oma!», ruft Boaz. Er zerrt an ihrem Mantel. Als ob er sie auf andere Gedanken bringen will. «Das kann nicht sein! Das darf nicht sein!»
«Nein, das darf absolut nicht sein. Darum wurden diese Leute auch von der Polizei festgenomen. Aber es ist wirklich passiert. Es hat in der Zeitung gestanden.»
«Warum?», ruft Boaz. «Warum tun Leute das?» Seine Augen füllen sich mit Tränen. «Gibt es denn jemanden, der Aisha überhaupt nicht leiden kann? Das geht doch nicht?!»
«Nein, das geht nicht», sagt Oma. «Aisha überhaupt nicht leiden zu können, das ist unmöglich.»
«Ihre Mutter vielleicht? Oder ihren Vater?»
«Ich denke auch nicht, dass irgendwer Aishas Mutter oder ihren Vater so gar nicht leiden kann. Ich denke eher, dass die Leute, die ihnen die Fenster eingeworfen haben, Aisha und ihre Familie überhaupt nicht kennen.»
«Aber warum tun sie es dann???»
Oma nimmt Boaz bei der Hand und zieht ihn sanft mit zu einer Bank. «Komm, setz dich her», sagt sie.
Sie streicht Boaz über den Rücken. Bis er sich ein bisschen beruhigt hat.

33

«Ich weiß es natürlich nicht genau», sagt Oma nach einer Weile, «aber ich denke, die Leute, die die Fenster von Aishas Haus eingeworfen haben, haben Angst vor den Flüchtlingen.»
Boaz schüttelt langsam den Kopf.
Das glaubt er nicht.
«Wie kann man denn Angst vor Flüchtlingen haben?!»
Aber warte mal.
Boaz' Gedanken bleiben an irgendwas haken ...
Flüchtlinge.
Aisha und ihre Familie.
Er schüttelt nochmals den Kopf.
Und noch ein paarmal.

«Aisha ist keine Indianerin, nicht?», fragt er dann.
«Nein, lieber Schatz.»
Boaz nickt.
Eigentlich hat er das schon gewusst.
Aber es wäre so schön gewesen.
«Was ist sie dann?», fragt er.
«Sie ist Aisha. Und sie kommt aus Syrien.»

Ach ja.
Syrien.
«Hast du davon schon mal gehört?», fragt Oma. «Von dem Krieg in Syrien? Und dass so viele Menschen vor den Bombenangriffen flüchten mussten?»
Doch. Das hat Boaz schon mal in Papas Zeitung gesehen. Fotos von ausgebombten Häusern.
Und auch schon mal in den Jugendnachrichten.
Da sah er Menschen, die mit einem Schlauchboot übers Meer zu kommen versuchten. Seitdem wagt er es nicht mehr, sich die Nachrichten für Jugendliche anzusehen, so fürchterlich waren die Bilder.
«Ist Aisha auch mit so einem Schlauchboot gekommen?», fragt er.
«Nein, zum Glück nicht. Das ist ihr erspart geblieben.»
Arme Aisha.
Und arme Eltern und Schwester und Großmutter von Aisha.
Sie mussten vor dem Krieg flüchten.
Sie mussten ihr eigenes Land verlassen. Und ihre Verwandten. Und ihre Freunde.
Und jetzt haben Leute aus dem Dorf auch noch die Fenster in ihrem Haus eingeworfen. Warum?
Warum machen Menschen so etwas Gemeines?
Warum haben Menschen Angst vor Flüchtlingen???

«Ich muss es vielleicht etwas genauer erklären», sagt Oma. «Ich denke, die Leute fürchten sich nicht vor den Flüchtlingen selbst, sondern mehr vor ihrer Religion und ihrer großen Zahl ...»
Was?
Religion?
Was für ein Zufall.
Davon weiß Boaz schon etwas.
«Unsere Lehrerin sagt: *Religion, das sind Geschichten. Es ist nicht die Wahrheit!*»

«Ja, so denke ich auch darüber», sagt Oma. «Aber das meinen nicht alle. Er gibt auch ganz fanatische Menschen, die der Ansicht sind, alle müssten dasselbe glauben wie sie.»
«Was bedeutet *fanatisch*?»
«Dass sie Streit suchen. Und dass sie anderen nichts gönnen.»
Darüber muss Boaz erst einmal nachdenken.
«Kommen diese fanatischen Menschen aus Syrien?», fragt er dann.
«Äh ... einige kommen bestimmt auch aus Syrien», sagt Oma zögernd, «... aber es gibt auch fanatische Niederländer, die von hier stammen oder aus Afrika oder Asien. Und es gibt auch Fanatiker in anderen Ländern Europas und Amerikas ...»
«Auch in Nordamerika?»
Oma nickt.
«Ach.»
«Ja ...»
«Hast du Angst vor ihnen, Oma?»
«Ach, weißt du, Bo ...» Wieder seufzt Oma auf. «Wir haben hier eine sehr gute Polizei, die auf sie aufpasst. Ich finde, wir sollten keine Angst haben.»
Es wird etwas kalt auf der Bank.
«Komm», sagt Oma. «Dann bringe ich dich zu Papa und Mama.»

Auf dem Nachhauseweg fällt Boaz auf einmal die Geschichte aus dem Maya-Buch ein.
«Es gibt auch fanatische *Götter*», sagt er. «Wie die Götter der alten Maya. Die hackten einem schon den Kopf ab, wenn man nur ein bisschen zu viel Krach gemacht hatte.»
«Ich meine nur ...»
«Was meinst du, Oma?»
«Fanatiker hat es immer gegeben. Durch alle Jahrhunderte», sagt Oma. «Aber zum Glück gibt es unendlich viel mehr freundliche, vernünftige Menschen.»

34

Am Dienstag werkeln Aisha und Boaz wirklich hart an ihrer Maya-Arbeit.
Noch vier Tage bis zu den Ferien.
Boaz möchte die Arbeit sehr gern zusammen mit Aisha zu Ende bringen. Denn es ist echt schwierig und er muss sich gut konzentrieren.
Aisha malt gerade einen Jaguar.
Ab und zu stupst sie Boaz an, und dann macht Boaz einen Gebärden-Witz, wie er es in seinem Strandräubermuseum getan hat. Kopfüber ins Wasser springen. Etwas Ekliges essen. Dann muss Aisha lachen. Und danach arbeiten sie wieder richtig hart weiter.
Manchmal muss Aisha gähnen.
Vielleicht ist sie ein bisschen müde?

Ihre Lehrerin kommt kurz vorbei, um mit ihr zu reden.
«Geht es dir gut, Aisha?»
Aisha nickt. «Gut.»
«Hast du gut geschlafen heute Nacht?»

Aisha schüttelt den Kopf. «Nicht gut. Nein schlafen», sagt sie.*
Boaz hat aufgehört zu schreiben und hört zu.
«Wie kommt das, Aisha?», fragt die Lehrerin. «Warum hast du nicht gut geschlafen?»
Aisha zuckt mit den Schultern.
Sie weiß es nicht.
Oder sie kann es nicht sagen.
«Hattest du Angst?», fragt Boaz.
Aisha nickt. «Angst. Nein schlafen.»
Die Lehrerin legt ihre Hand auf Aishas Arm.
«Ich weiß, dass du in Syrien sehr viel Angst vor den Bomben gehabt hast, Aisha», sagt sie. «Aber hier in diesem Land gibt es keine Bomben. Deshalb brauchst du hier auch keine Angst zu haben, wenn du dich schlafen legst.» Die Lehrerin spricht ganz langsam und ganz deutlich.
«In Syrien bum-bum», sagt Aisha. «In Holland bum-bum.»
«In Syrien waren Bomben.» Die Lehrerin nickt mit dem Kopf, während sie das sagt. «Aber hier in Holland nicht, nein.» Und dabei schüttelt sie den Kopf. «Keine Bomben in Holland.»
«Aber bei Aisha zu Hause wurden die Fensterscheiben eingeworfen», sagt Boaz. «Vielleicht hat sie davon wieder Angst bekommen!»
Aisha nickt. «Fenster. Angst.» Sie sieht sehr traurig aus.
Die Lehrerin legt ihre Hand auf Aishas Arm.
«Ach, Liebes, wie fürchterlich», seufzt sie.
Sie bleibt eine Weile bei Aisha sitzen, ohne etwas zu sagen.
Dann steht sie auf.
«Geht ihr beide mal ins Lehrerzimmer eine Tasse Tee trinken, Bo», sagt sie. «Wenn Aisha will, kann sie sich da etwas auf der Couch

---

* Dieses Gespräch zwischen Aïsha und ihrer Lehrerin beruht auf einem Gespräch zwischen Lehrerin Kiet und Jorj in dem Dokumentarfilm *De kinderen van juf Kiet*.

ausruhen. Vielleicht kannst du ihr aus einem schönen Bilderbuch vorlesen.»

Aber Aisha braucht sich nicht auszuruhen.
Sie will lieber mit Boaz die Maya-Arbeit fertig machen.
Nach der Tasse Tee gehen sie wieder zusammen ans Werk.

KAPITEL DREI

Die Sonne war für die Maya auch ein Gott. Sehr verrückt.
Wie kann etwas jetzt eine Sonne sein und gleichzeitig ein Gott?
Aber bei den Maya geht das.
Dieser Gott hatte einen sehr komplizierten Namen. Das wundert mich überhaupt nicht.
Kinich Ahau hieß er. Das bedeutet: *Herr mit dem Gesicht der Sonne.*

Am Morgen, wenn die Sonne aufging, war der Gott der Sonne jung.
Und am Abend, wenn die Sonne unterging, war der Gott der Sonne alt.
Und in der Nacht verwandelte er sich in einen Jaguar.
Da sieht man mal wieder: Götter können alles.

Außer dafür zu sorgen, dass der Krieg aufhört.

35

Als Papa von der Arbeit nach Hause kommt, öffnet Boaz ihm die Tür.

«Na, Papa, hattest du einen schönen Tag? Gib mir deine Jacke, dann hänge ich sie gleich auf. Magst du eine Tasse Tee?»

Papa guckt etwas verwundert.

Meistens ist Boaz nicht so fürsorglich.

Aber Boaz hat ein Ziel.

Heute Nachmittag nach der Schule hat er zwei Stunden Zeit gehabt, sich zu überlegen, wie er das mit Papa angehen sollte. Er war allein zu Hause. Mama war noch nicht von ihrer Arbeit zurück.

Er hat im Kopf geübt und wiederholt, was er sagen würde.

Vier Mal hintereinander.

Und jetzt wird er es sagen.

Aber erst eine Tasse Tee für Papa. Mit drei Butterkeksen.

«So, Papa. Sitzt du gut?»

Papa nickt.

«Dann leg bitte kurz dein Handy weg, ich muss dir nämlich etwas sagen.»

Es läuft gut.

Bis hierher keine Probleme.

Papa runzelt die Stirn, legt aber brav sein Handy zur Seite. Er schaut auf seine Armbanduhr.

«Ich will vor dem Essen noch eine Runde laufen, das heißt, du hast zehn Minuten Zeit», sagt er.

Zehn Minuten, das ist mehr als genug. Boaz wird nicht lange brauchen.

Kurz, aber kraftvoll!, sagt seine Lehrerin immer, wenn im Stuhlkreis ein Kind etwas erzählen will. *Sonst sinkt die Aufmerksamkeit.*

Also.

Los geht's.

«Ich habe eine Freundin in der Klasse und sie heißt Aisha», beginnt Boaz. «Sie ist das liebste Mädchen auf der ganzen Welt. Und wir sind Freunde.

Sie ist das erste Kind, mit dem ich wirklich befreundet bin.

Sie hilft mir in der Schule bei meiner Maya-Arbeit.

Und sie hat mir geholfen, als ich mich im Dunkeln in den Dünen verirrt hatte.

Also, Papa. Du verstehst. Ich brauche sie.

Aber es gibt noch etwas viel Wichtigeres.

Aisha ist mit ihrer Familie vor dem Krieg geflüchtet.

Sie musste ihre ganzen Freunde zurücklassen und ihr ganzes Spielzeug und ihr Haus.

Stell dir mal vor, wie das ist, Papa.

Und jetzt haben Leute aus unserem Dorf die Scheiben in ihrem Haus eingeworfen!

Und jetzt hat sie große Angst vor diesen Leuten bekommen.

Also, Papa. Du verstehst, dass Aisha einen Freund braucht.

Du verstehst, dass Aisha einen Freund vielleicht noch mehr braucht als ich.

Also, Papa …

Dann verstehst du auch, dass ich bei Aisha bleiben muss.
Und dass ich keine Klasse überspringen werde.»
So.
Das hat noch keine fünf Minuten gedauert.
Es klang ein bisschen wie ein Schulreferat.
Na und.
Ganz egal, wie es klang, es geht um den Inhalt.
Idee: eine Eins; Umsetzung: eine Drei minus. Das sagt Mama immer, wenn sie gekocht hat und es ein bisschen danebengegangen ist.

Papa sagt nichts. Er sitzt mit offenem Mund da und starrt etwas dümmlich auf Boaz.
«Ich weiß nicht so recht, was ich sagen soll, Bo ...»
«Das macht nichts, Pa.»
Papa nimmt einen Schluck von seinem Tee.
Und er isst seine Butterkekse.
Es dauert eine ganze Zeit.
Als sie alle sind, sagt er:
«Aber Bo, was machst du dann, wenn du dich wieder so tierisch in der Klasse langweilst?»
«Das wird nicht mehr vorkommen, Papa», sagt Boaz. «Denn wenn Aisha bei mir ist, kann ich mich viel besser auf meine Wochenaufgaben konzentrieren.»
«Stimmt das wirklich?»
Boaz nickt. «Ich schwöre es.» Er streckt zwei Finger in die Höhe.
«Sogar auf die *Rechentiger.*»

36

Obwohl Aisha heute bei den Neuzugängen sitzt, ist Boaz dennoch so fröhlich, dass er während der Arbeit immer aus Versehen vor sich hin pfeift.
Die Lehrerin sagt nichts dazu.

Die Maya hatten ein Totenreich, wohin ihre Toten kamen. Aber sie hatten auch ein Himmelreich. Das kapiere ich nicht.
Ich finde, wenn man einen Himmel hat, dann braucht man kein Totenreich.
Aber bei den Maya war es nicht so wie bei uns.
Ich habe es mir noch drei Mal durchgelesen, und ich glaube, es war so:
Der Himmel der Maya
war für die Götter bestimmt
und nicht für die Toten.
Die Toten hatten ihr eigenes Totenreich.

Unsere Lehrerin glaubt nicht an einen Himmel.
Muhammedsaki aber schon.
Aber sein Himmel heißt *das Paradies*.

Oma sagt manchmal irgendwas mit *im siebten Himmel*. Das bedeutet nicht, dass sie an sieben Himmel glaubt. Es ist eine jüdische Redewendung. Sie sagt es, wenn sie sich ganz doll freut.
Im Augenblick ist Boaz auch ganz doll froh.
Heute Morgen beim Frühstück bekam Mama eine Nachricht, dass die Welpen von Balthasars Weibchen da sind! Es sind fünf. Sie sind total süß. Die Polizei hat ein Foto geschickt.
Boaz darf in den Herbstferien vorbeikommen und sich schon mal ein Junges aussuchen.
Aisha darf auch mit. Das hat Mama gefragt.

Ich glaube auch an den Himmel.
Ich glaube an den *Tierhimmel*.
Da sind die Kaninchen von meinen Kaninchenschädeln.
Und ich glaube auch an den *siebenten Himmel*, denn da bin ich jetzt.

37

Es ist noch früh am Abend, als Boaz mit viel Lärm in Omas Küche gestürmt kommt. «Was isst du da, Oma?», ruft er fröhlich.
«Hühnersuppe mit Matzeknödeln», antwortet Oma. «Möchtest du auch eine Tasse?»
«Nein, ich esse gleich noch zu Hause.» Boaz streift seinen Rucksack von den Schultern und stellt ihn auf den Tisch. «Ich bringe etwas ins Museum und hole auch etwas daraus ab», sagt er. «Es ist sehr wichtig.»
«Ich bin gespannt», sagt Oma.
«Da, schau!» Boaz holt eine lange Feder aus seiner Tasche. «Die hier habe ich von Papa bekommen. Es ist eine ganz besondere Feder.»
Er lässt eine feierliche Stille eintreten.
«Papa ist durch die Dünen gelaufen, und zwar genau so lange, bis er eine geeignete Feder für mich gefunden hatte.»
Vorsichtig reicht Boaz Oma die Feder, damit sie die richtig betrachten kann.
«Mama sagte, Papa wäre an dem Tag mindestens dreimal so lange gelaufen wie sonst. Als er nach Hause kam, hätte ihm die Zunge aus dem Hals gehangen, sagte Mama. Das bedeutet, dass er sehr müde war.»

«Soso ...» Oma guckt sehr erstaunt.
«Wahrscheinlich ist es eine Feder von einem Turmfalken, denkt Papa. Er ist sich nicht sicher. Aber ich freue mich riesig darüber. Was meinst du, Oma?»
Oma dreht und wendet die Feder vorsichtig und bewundert sie von allen Seiten.
«Selbst wenn es eine Feder von einem toten Spatz wäre, würde ich mich immer noch riesig darüber freuen», murmelt sie.
«Was hast du gesagt?» Boaz beugt sich näher zu Oma.
«Ich sagte, es ist in der Tat eine ganz besondere Feder», sagt Oma. «Und ich kann gut verstehen, dass du dich riesig darüber freust.»
Boaz nickt.
«Ja, riesig.»
«Und hat dir dein Vater auch gesagt, womit du sie dir verdient hast?»
«Ja, das hat er», sagt Boaz. «Möchtest du es wissen?»
«Sehr gern.»
«Es war ein schwieriger Satz, aber er steht auf dem Kärtchen, warte mal ...» Boaz sucht in seinem Rucksack nach dem Kärtchen von Papa.

«Für Boaz. Weil er den Mut hat, für sein Glück zu kämpfen», liest er vor.

Oma hat es die Sprache verschlagen.
Boaz steht da und lächelt zufrieden.
«Die bekommt einen Ehrenplatz in meinem Museum», sagt er.
«Also, das denke ich aber auch!»
«Und es gibt noch mehr gute Nachrichten», sagt Boaz.
«Nur zu ...»
«Ich brauche keine Klasse zu überspringen!»
«Das ist nicht dein Ernst ...» Oma bleibt vor Verwunderung der Mund offen stehen.

«Doch. Ich brauche es nicht! Papa und Mama haben es gerade gesagt. Ich muss keine Klasse überspringen!» Boaz tanzt um den Küchentisch. «Ichmussnichtichmussnichtichmussnicht!», jubelt er. «Ich darf bei Aisha bleiben! Ich darf bei Aisha bleiben!»
Oma sitzt kopfschüttelnd da und lacht.
«Wie großartig, Bo!», sagt sie, als Boaz mit seinem Jubelgesang fertig ist. «Herzlichen Glückwunsch! Sollen wir das mit einer heißen Schokolade feiern?»
«Nein, ich sollte gleich zurückkommen, hat Mama gesagt.»
«Ach. Ja, dann musst du natürlich gehen.»
«Ich gehe. Aber erst muss ich meine Feder ins Museum bringen.»
«Und du wolltest noch etwas abholen», erinnert ihn Oma.
«Ach ja. Die Delfinlampe.»
«Brauchst du die Delfinlampe etwa wieder?»
Boaz nickt.
«Für Aisha. Dann braucht sie im Dunkeln keine Angst mehr zu haben.»

Nachdem Boaz es mit Omas Hilfe geschafft hat, die Delfinlampe von ihrem Platz zu holen, ohne dabei die Sammlung aus Flaschen und Muscheln durcheinanderzuwerfen, sagt er:
«Weißt du, was verrückt ist, Oma?»
«Was denn?»
«Als Aisha das erste Mal zu mir in die Klasse kam, war ich so froh, dass sie eine echte Indianerin war ... weißt du noch?»
«Ja.»
«Aber dann hast du gesagt, sie wäre eigentlich gar kein Indianer. Und weißt du, was das Verrückte ist?»
«Nein?»
«Danach hat sich überhaupt nichts verändert! Verstehst du das?» Boaz muss auf einmal über sich selber lachen. «Hahaha! Ich wollte so gern eine echte Indianerfreundin, und dann war die Indianerfreundin plötzlich kein Indianer mehr, und alles blieb dasselbe! Lustig, was?!»
Oma findet es auch lustig.
«Sie macht dich noch genauso froh wie zu Anfang.»
«Ja, sie macht mich SEHR froh!»

Boaz gibt Oma die Delfinlampe und streichelt kurz mit der Hand darüber.

Danach legt er die Feder, die er von Papa bekommen hat, vorsichtig in den Schaukasten. In die Mitte, auf den Ehrenplatz, und Papas Kärtchen dazu. Er muss die anderen Federn und ihre Kärtchen etwas verschieben. Es ist ein sehr präzises Stückchen Arbeit.

«Und doch sieht sie fast so aus, Oma», sagt er, als er fertig ist. «Wie ein echter Indianer.»

«Na und ob. Sie könnte ohne Weiteres eine Enkeltochter von *Strampelnder Vogel* sein.»

«Ja, nicht?»

«Unbedingt.»

Boaz seufzt.

«Ich wäre selbst auch sehr gern ein Indianer», sagt er.

«Ja, wärst du das?»

«Aber natürlich, Oma, was denkst du denn? Das will doch jeder!»

Oma denkt kurz nach.

«Ich glaube, du hast recht. Opa wollte es lange Zeit. Und es war auch ein großer Wunsch meiner Großtante Tilly.»

Boaz mustert Oma, ob sie ihn nicht auf den Arm nimmt.

Nein. Sie ist todernst. Sie nickt grüblerisch mit dem Kopf.

«Was sind deiner Meinung nach eigentlich die Merkmale eines *echten Indianers*?», fragt sie dann.

Das ist doch leicht!

Die Merkmale der Indianer kann Boaz mühelos aufzählen.

«Ein echter Indianer denkt lange nach, bevor er etwas sagt; er liebt Tiere sehr und auch die Natur, und er ist tapfer und mutig.»

«Gut ...», sagt Oma bedächtig nickend.

«Dann ist Aisha ein echter», beschließt sie. «Du hattest doch recht.»

«Meinst du?»

«Ja doch, oder?»

«Ja.»
«Und du auch.»
«Im Ernst, Oma?»
Boaz wird ganz rot.
«Ja.» Oma zeigt auf die Federn in der Vitrine.
«Aber ich sehe nicht so aus wie sie …», zweifelt Boaz. «Mit meinen Haaren und so …»
«Das ist nur die Außenseite», sagt Oma. «Und du weißt, was dein Vater darüber immer sagt, nicht?»
«Die Außenseite ist unwichtig.»
«Und damit hat er recht.»
Boaz schließt sein Museum ab.
Oma trägt die Lampe.
«Komm, ich bringe dich nach Hause», sagt sie.

KAPITEL VIER

Die Maya liebten Tiere sehr: Schlangen, Adler, Schildkröten, Schollenfilets und Jaguare.
Diese Tiere hatten alle eine spezielle Bedeutung, aber das ist wieder mal eine sehr komplizierte Geschichte. Wie so oft bei den Maya.
Was ich auch nicht kapiere:
Das Kunstbuch über die Maya ist voll mit Fotos von Vasen.
Gigantisch vielen.
Sehr schöne Vasen; doch, wirklich.
Aber man sieht nirgendwo eine Blume.
Wozu brauchten sie dann die ganzen Vasen?
Steht nicht in dem Buch.
Ich werde dem Verfasser irgendwann mal eine E-Mail schicken, wenn ich Zeit habe.

Zusammenfassung

Die Kunst der Maya ist superfantastisch cool.
Sie konnten sehr schön zeichnen und malen. Und Vasen töpfern.
Aber ihre Geschichten sind viel zu kompliziert für einen Indianer wie mich.

Diese Arbeit wurde geschrieben von Boaz und gemalt und gezeichnet von Aisha.
Vielen Dank für das Lesen
und Auf Wiedersehen.

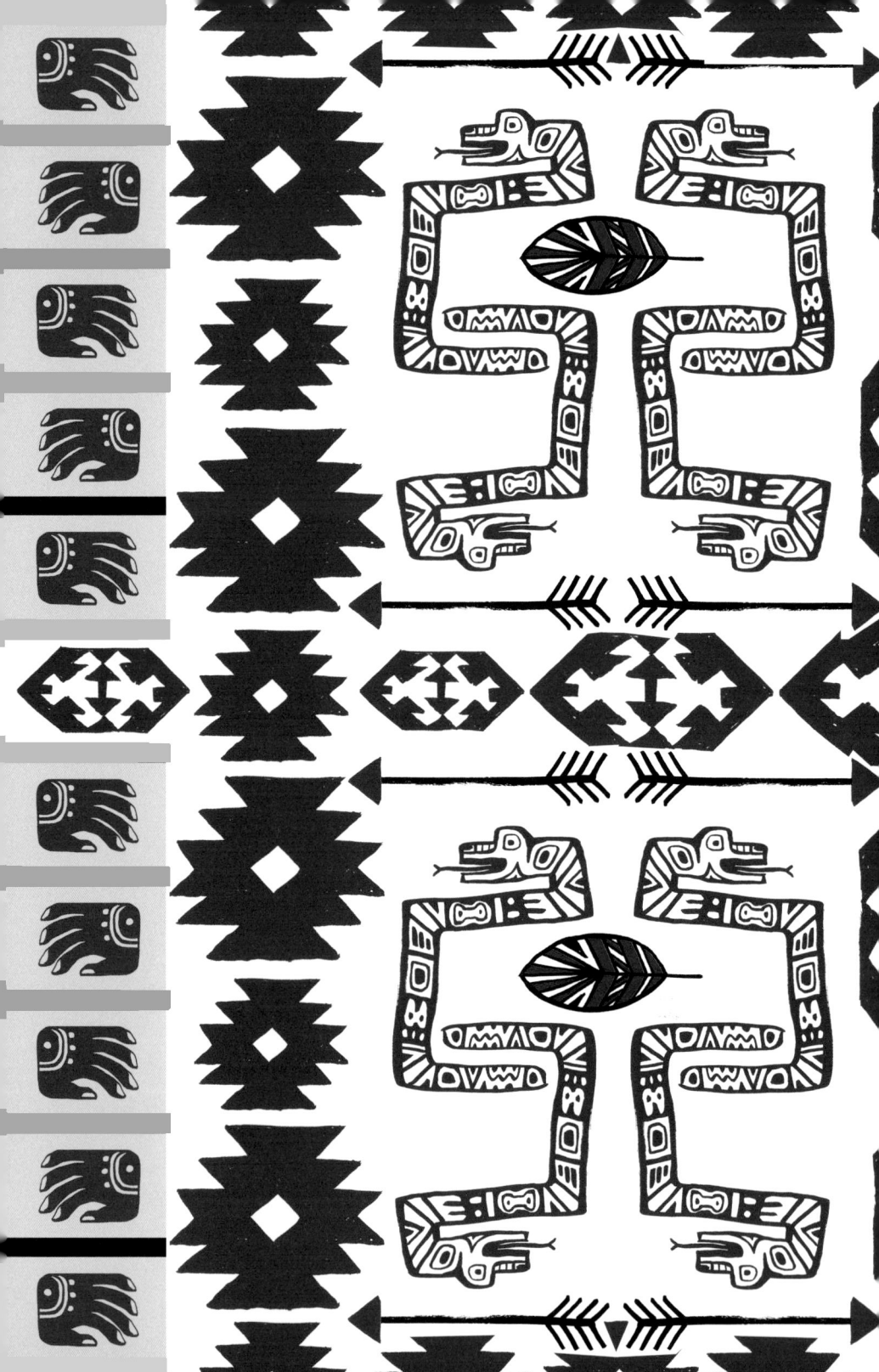